万火归一
Todos los fuegos el fuego

〔阿根廷〕胡里奥·科塔萨尔 著
陶玉平 译

南海出版公司

新经典文化股份有限公司
www.readinglife.com
出　品

献给弗朗西斯科·波路亚

万火归一

目 录

Contents

南方高速

司机们酷热难耐……

事实上，堵车虽然可怕，却也没什么好说。

阿里戈·贝内德蒂

《快报》，罗马，

1964 年 6 月 21 日 [①]

起初，开雷诺王妃的女孩还坚持要打开计时器，可是开标致 404 的工程师觉得那都是无所谓的事。人人都可以看自己的手表，可是，无论是右手腕上的时间还是收音机里的"哔哔"声，此刻都好像已经与时间无关，时间的概念只属于那

---
① 原文为意大利语。

些还没有愚蠢到选择星期天下午从南方高速返回巴黎的人，刚过了枫丹白露，他们就不得不走走停停，隔离带两侧各排起六道长龙（众所周知，一到星期天，整条高速都留给了返回首都的车辆），启动汽车，开上三米，停下来，和右手边那辆双马力上的两位修女聊聊天，和左手边王妃上的姑娘搭搭话，再从后视镜里看一会儿后面开大众凯路威的脸色苍白的男人，而王妃后面是一辆标致 203，上面坐了一对夫妻，正在逗自己的小女儿玩，说说笑笑，不时吃点儿奶酪什么的，其乐融融，出乎意料地教人心生羡慕，标致 404 前面是一辆福特西姆卡，坐在那上面的两个小伙子吵吵嚷嚷，令人不耐，有时车停得久了些，工程师还会下车四处转转，但不能离车太远（因为说不准什么时候前面的车就重新启动，必须三步并两步跑回来，否则后面喇叭声叫骂声就会响成一片），就这样他走到了一辆福特陶努斯附近（后面就是王妃，那个姑娘在不停地看表），车上是两个男人，带着一个金黄头发的男孩，此情此景中，男孩最大的乐趣就是让一辆玩具小汽车在陶努斯的座椅和靠背上纵横驰骋，他和那两个男人抱怨一番，调侃几句，看上去前面的车都没有要动弹的意思，他壮起胆子多走了几步，看见一辆雪铁龙 ID 上坐着一对老夫妇，不禁心生怜悯，两人好似漂浮在一口巨大的紫色浴缸里，老头双臂倚在方向盘上，一副逆来顺受的疲惫神情，老太太啃着一只苹果，不像在享受吃苹果的滋味，倒像是在完成什么任务。

就这样往返折腾了四次，工程师决心不再下车，而是等警察来疏通拥堵。八月的高温齐着一只只轮胎的高度弥散开来，车一动不动，人们越发萎靡不振。到处都是汽油味儿，西姆卡上那两个小伙子的尖叫声肆无忌惮，车窗玻璃和镀铬部件反射出刺眼的光芒，最糟的是这种自相矛盾的感觉，初衷是载人飞驰的机器，却把人困在了这机器丛林中。从中间的隔离带数过来，工程师的标致404在右边第二车道，算起来，他的右手边还有四列车，左手边则有七列，而实际上他能看见的只有四周的八辆车以及车上的人，一切细节他都已经记得清清楚楚，看得厌倦了。他和所有的人都聊过，只除了西姆卡上的那两个小伙子，他实在看他们不顺眼。这些两两交谈涉及了这次堵车的各种细枝末节，总的印象是，一直到科贝尔－埃松内都会这样走走停停，不过从科贝尔到茹维希那一段，一旦直升机和摩托骑警把拥堵的路段疏通，车就可以开快一点。大家都确信那段路上一定发生了什么严重事故，否则没法解释如此可怕的堵车。就这样，议论议论政府，骂骂炎热的天气，对税收发几句牢骚，再抱怨抱怨交通部门，话题一个接着一个，开上三米，又停在了一起，再开上五米，不时会有人冒出一句精辟的格言，或是一句含蓄的诅咒。

双马力上的两位修女指望在八点之前赶到米利－拉福雷，因为她们带了一篮子蔬菜给那里的厨娘。标致203上的那对夫妻最挂心的是别误了晚上九点半的比赛直播；王妃上的姑娘对工程师说过，晚一点到巴黎她倒不在乎，她抱怨的是这荒唐的现实，把好几千人搞得像骆驼队一样慢腾腾。几个小时里（这会儿该有五点钟了，可热浪还是把他们压得喘不过气来），按照工程师的估算，他们总共才前进了五十来米，陶努斯上的其中一个男人牵着孩子走过来聊天，孩子手里还拿着他的玩具小汽车，男人不无讽刺地指了指路边一棵孤零零的梧桐树，王妃上的姑娘记起来了，那棵梧桐树（也许是棵板栗树）一直和她的车排在同一条线上，她现在连手表都懒得去看，计算时间已经毫无意义。

太阳仿佛不肯落下，路面和车身上晃动的阳光让人头晕目眩。或者戴上墨镜，或者头上顶着洒了古龙水的手帕，大家想出各种办法躲避刺目的反光，躲避每行进一步都会从排气管里冒出来的尾气，这些凑合而成的举措渐趋完备，成为众人交流和评估的主题。工程师还是下了车，想活动活动腿脚，修女的双马力前面是一辆阿利亚纳，车里坐着一对乡下人模样的夫妻，他和他们聊了几句。双马力的后面跟了辆大众，坐着一名军人和一个姑娘，看上去像是度完蜜月归来。第三车道往外他不想去看了，怕离自己的标致404太远，出什么问题；他看见的车各式各样，有奔驰、ID、4R、蓝旗亚、斯柯达、莫里斯微型车，简直是汽车博览会。往左边看去，对面车道上有雷诺、福特安格利亚、标致、保时捷和沃尔沃，延伸到无尽的远方；实在了无趣味，最后，在和陶努斯上的两个男人闲聊了几句、想和凯路威上的独身男人交换一番感想却没能谈成之后，他别无选择，只有回到自己的标致404，和王妃上的姑娘重新拾起老话题，谈谈时间呀，距离呀，电影什么的。

偶尔会走来一个陌生人，从对面车道或是从右边外侧的车道沿着汽车夹缝穿行而来，带来某个真假难辨的消息，这些消息会从一辆车传到另一辆车，顺着滚烫的公路散布开来。陌生人看到自己带来的消息得以传播，听到一扇扇车门打开关上砰砰作响、人们争先恐后各抒己见，心中十分得意，可是片刻之后传来一声喇叭响，或是引擎启动的声音，陌生人拔腿便跑，在车辆之间曲折奔行，为的是重新钻进他自己的汽车，以免暴露在别人理所应当的愤怒中。整个下午，人们都议论纷纷，先是说有一辆雷诺弗洛里德在科贝尔附近撞上了一辆双马力，三人死亡，一名男童受伤，又说有一辆雷诺货车把一辆满载英国游客的奥斯丁撞得稀烂，接着又有一辆菲亚特1500连环撞上了这辆货车，还有人说是一辆奥利机场的大巴翻了车，上面坐满了从哥本哈根乘飞机来的游客。在科贝尔附近甚至巴黎近郊一定是发生了什么严重的事故，否则交通绝不至于瘫痪到如此地步，但工程师仍然可以断定，所有或者几乎所有消息都是谣言。阿利亚纳上的乡下人在蒙特罗附近有家农庄，他们对这个地区很熟悉，据他们说，前些日子，也是个星期天，这里的交通堵塞持续了五个小时，可那点时间和现在比起来真的算不了什么，此刻，太阳正一点一点向着公路左侧落下去，给每一辆车都泼洒上一层金黄色的浆汁，金属像在燃烧，令人目眩，身后的树木好像伫立不动，永远不会消失，前方远处若隐若现的树影却永远无法接近，简直感觉不到车流在挪动，哪怕只挪一点点，哪怕是不断地发动、停车、急刹车，哪怕永远不能摆脱一挡，也不能摆脱令人恼火的失望，一次又一次地从一挡变成空挡，不断地踩刹车，拉手刹，停车，就这样，一次又一次，仿佛没有尽头。

有一回，在一段漫长得没有尽头的静止中，工程师闲极无聊，决定去隔离带左边一探究竟。在王妃左边，他看见了一辆奥迪 DKW，往前是又一辆双马力，还有一辆菲亚特600，他在一辆迪索托旁停了下来，同一个来自华盛顿的忧心忡忡的游客交谈了几句，那位几乎一句法语也听不懂，可是八点钟他必须赶到歌剧院去，你听得懂我的话吗，我老婆会担心的，真该死[①]，后来从 DKW 下来一个像是旅行推销员的人，说刚才有人带来一个消息，一架 Piper Cub 坠毁在公路中央，死了好几个人。美国人对 Piper Cub 的事儿毫无兴趣，工程师也顾不上这消息了，因为这时他听见喇叭声响成一片，得赶紧回到标致 404 上，顺便把这些新闻传递给陶努斯上的两个男人和标致 203 上的那对夫妻。他把更详细的解释都留给了王妃上的姑娘，这时车辆都缓缓前行了几米（王妃先是稍稍落后标致 404，过了一会儿又稍稍超到了前面，可实际上十二道车龙正像个整体似的向前移动，仿佛公路尽头有个

_____

①原文为英语。

隐身的宪兵在发布命令，让大家齐头并进，任何人都不得领先）。小姐，**Piper Cub** 是一种观光用的小型飞机。哦。在一个星期天的下午，坠毁在公路正中央，这真是糟糕透顶的事。这都是些什么事儿呀。要是这些倒霉的车里不是这么热，要是右手边那些树都能最终退到身后，要是里程表上那最末位的数字能最终掉进那个小黑窟窿里，而不是像现在这样没完没了地悬着，那该多好呀。

有那么一会儿（天色渐渐暗了下来，由车顶组成的地平线被染上一层淡淡的丁香色），一只大大的白蝴蝶歇在了王妃的前挡风玻璃上，在它短暂停留的美妙一刻，姑娘和工程师都对它的一双翅膀赞叹不已；他们满怀惆怅看着它一点点飞远，飞过陶努斯，飞过那对老夫妇的紫色 ID，飞向从标致404 上已经看不见的菲亚特 600，又飞到西姆卡上方，从那车里伸出一只手想捉住它，但没能成功，飞到那乡下人夫妻的阿利亚纳，那对夫妻好像在吃什么东西，它友好地扇了扇翅膀，最后在右边消失不见了。天黑下来的时候，车流第一次前进了一段不错的距离，几乎有四十来米吧；工程师不经意地看了看里程表，6 已经下去了一半，7 露了一点头。几乎所有的人都打开了收音机，西姆卡上那两位把音量开到了最大，嘴里还唱着摇摆舞曲，身体摇摆着，连车子都跟着摇个不停；两位修女拨动着念珠，陶努斯上的那个孩子已经睡着了，脸靠在车窗玻璃上，手里还拿着玩具小汽车。又过了一会儿（天已经完全黑下来了），过来了几个陌生人，他们带来了新消息，和此前已经被人遗忘的消息一样自相矛盾。不是一架小型飞机，是一位将军的女儿开的滑翔机。雷诺货车把奥斯丁压扁了这事儿不假，可根本不是在茹维希，而是在离巴黎很近的地方；有一个陌生人还告诉标致203上的夫妻说，伊格尼那边高速公路路面坍塌，有五辆车前轮陷了进去，都翻了车。这种自然灾害的说法也传到了工程师耳朵里，他耸耸肩，不做评论。又过了一会儿，他回忆着天黑下来以后、人们总算可以舒舒服服地喘口气的这段时间，突然想起来自己曾经把胳膊从车窗伸过去敲了敲王妃，把那姑娘叫醒，她已经趴在方向盘上睡着了，毫不在意车流能不能再往前走。大概是在夜半时分，修女中的一位可能是觉得他饿了吧，怯生生地递给他一份火腿三明治。工程师出于礼貌接受了（其实此刻他很恶心，想吐），征得同意之后，他把三明治分了一半给王妃上的姑娘，姑娘欣然接受，三口两口吃完，她左手边DKW上的旅行推销员递过来一块巧克力，她也吃光了。

又有好几个小时没能前进一步了，车里太热，很多人都下了车；人们开始感到口渴难耐，瓶子里的柠檬水或是可口可乐都喝得见了底，就连车上带的葡萄酒都喝光了。第一个渴得受不了的是标致203上的那个小女孩，于是军人和工程师都下了车，帮小女孩的父亲一起去找水。西姆卡的收音机放得正欢，工程师看见它的前方是一辆波利欧，开车的是一位上了点岁数的妇人，眼神惶恐不安。没有，我没有水，但我可以给小女孩几粒糖果。ID上的老两口商量了一番，老太太把手伸进一只袋子里，掏出一小听果汁。工程师谢过老两口，问他们肚子饿了没有，自己能不能帮点儿什么忙，老头摇了摇头，老太太没说什么，但看上去是给了个肯定的答复。接下来的时间里，王妃上的姑娘和工程师一起顺着左面几列车寻找了一番，他们也没敢走太远，回来的时候，给ID上的老太太带来几块饼干，刚好赶在一片疾风暴雨般的喇叭声中跑回自己的车上。

除了这有限的几次出行外，人们能做的少之又少，时间几乎一动也不动，显得分外漫长；有那么一阵，工程师真想把这一天从自己的记事簿上删去，他强忍住没有哈哈大笑起来，可过了一会儿，当那两位修女、陶努斯上的两个男人以及王妃上的姑娘把时间算成了一笔糊涂账的时候，他想还真不如当初就打开计时器。地方广播电台都停止了播音，唯有DKW上的那位旅行推销员有一台短波收音机，还在一个劲地播送股票消息。快到凌晨三点的时候，大家都心照不宣地达成了某种默契，决定休息休息，就这样，直到天亮，车流一动也没动过。西姆卡上的小伙子卸下两张充气床垫，在车旁躺了下来；工程师把404前排座椅放倒，请两位修女来躺躺，被她们拒绝了；刚躺下没一会儿，工程师想起了王妃上的姑娘（她安静地趴在方向盘上），便若无其事地向她提议换个车，天亮再换回来；她拒绝了，说她不管坐着躺着都能睡得很香。有那么一阵，能听见陶努斯上的小孩在哭，他睡在汽车的后排座椅上，一定热得不行。修女们还在祈祷，工程师已经一头倒在自己的卧铺上，慢慢睡着了，然而他睡得一点儿也不踏实，最后浑身大汗、心烦意乱地醒来，一时间竟弄不清自己身处何方；他舒展了一下身体，发现车外模模糊糊有些动静，一团黑影朝公路边移动着；他猜到了原因，接着也悄无声息地下车，去到路边方便了一下；路边没有树，连围栏都没有，只有黑漆漆的田野，天上一颗星星也看不见，就像有一堵看不见的墙围困着泛白的路面，路面上的车像一条停滞不动的河流。他差一点撞上了阿利亚纳上的乡下人，那人嘴里嘟囔了一句什么；燥热的公路上本来汽油味就够难闻，现在再加上人体排出来的骚味，工程师赶紧回到了自己的车上。王妃上的姑娘趴在方向盘上睡着了，一绺头发搭在眼睛上；回到404之前，工程师在黑暗中愉快地端详了一番姑娘的侧影，猜想着她弯弯的双唇是如何轻柔地呼吸。在另一边，DKW上的男人静静地抽着烟，也在注视着这个姑娘。

上午，车还是没能前进多远，可已经足以使人满怀希望，想着到了下午通往巴黎的道路就会疏通。九点钟，有个陌生人过来，带来了好消息：前方塌陷的路面已经垫好了，交通很快就能恢复正常。西姆卡上的小伙子打开收音机，其中一个还爬上了车顶，又叫又唱。工程师告诉自己，这消息并不比昨天的那些更靠谱，那陌生人只不过是想趁这群人兴高采烈之际，从阿利亚纳上的夫妻那里讨到一只橘子罢了。后来又过来一个陌生人，想故伎重施，可谁都不肯给他东西了。天越来越热，大家都情愿待在车里等更确切的好消息。中午时分，标致203上的小女孩又哭了起来，王妃上的姑娘去和她玩了一会儿，还和那夫妻俩交上了朋友。203上的那对夫妻运气不佳：他们右边就是那个开凯路威一声不吭的男人，对周围发生的事情漠不关心，左手边又得忍受开弗洛里德那家伙的满腹牢骚，好像这堵车全是冲着他一个人来的。那小女孩又说口渴的时候，工程师突然想到可以去同阿利亚纳上的乡下人谈谈，他们车上肯定有不少吃食。他没料到那两位十分和气，通情达理，说在这样的情况下人们就该互相帮助，他们还有个想法，要是有人出面把这一群人的事儿管起来（说这话时那女人用手画了一个圆圈，把他们周围的十几辆车都包括了进来），那他们坚持到巴黎是没什么问题的。工程师生性不爱出头露面、充当组织者的角色，便叫来了陶努斯上的两个男人，同他们还有阿利亚纳上的夫妻开了个小会。接下来，他们分别征求了这一小群体的意见。大众上的军人立刻表示同意，标致203上的夫妻把自己所剩不多的给养贡献了出来（王妃上的姑娘已经给那小女孩弄到了一杯石榴水，现在那小女孩正在嬉笑玩耍）。陶努斯上的其中一个男人去向西姆卡上的小伙子征求意见，他们倒是同意了，但摆出一副嘲弄的神情；凯路威上脸色苍白的男人耸了耸肩，说他无所谓，你们爱怎么办怎么办。ID上的那对老夫妇和波利欧上的妇人明显很高兴，好像这样一来他们就有了依靠。弗洛里德和DKW上的人都没有发表意见。迪索托上的美国人带着惊讶的神情看了看他们，又说了句什么"上帝的意志"之类的话。工程师没费多大劲就提议让陶努斯上的一个男人负责协调各种事务，他基于直觉对这人有一种信任感。吃的东西眼下谁都不缺，问题是得弄到水；他们的头儿（西姆卡上的两个小伙子为了好玩儿，干脆就把他叫作陶努斯了）请工程师、军人还有两个小伙子当中的一个到周围去转转，看能不能用食物换点儿喝的东西。陶努斯显然深谙领导之道，他算了一下，照最不乐观的估计，需要准备最多足够一天半的吃喝。修女们的双马力和乡下人的阿利亚纳上有充足的食物来应付这一段时间，只要出去侦察的那几位能找到水，就万事大吉了。可是只有那个军人带回来满满一壶水，水的主人要求换取够两个人吃的食物。工程师没找着能提供水的人，但出去转了这一趟，他得知除了他们这个群体之外，还有人也在组织起来解决类似的问题；有一回，一辆阿尔法·罗密欧的车主拒绝和他谈水的问题，说要谈得到这列车往后第五辆找他们这个小组的头儿。又过了一会儿，西姆卡上的小伙子回来了，他也没弄到水，可陶努斯估计给两个孩子、ID上的老太太以及其余几个女人的水已经足够了。工程师正在给王妃上的姑娘讲自己在周围转了一圈碰到的事情（这时已经是下午一点钟了，阳光把大家都困在车里），姑娘突然做手势打断了他的话，又朝西姆卡指了指。工程师三下两下便跳到了西姆卡跟前，一把抓住其中一个小伙子的胳膊，这家伙正舒舒服服地靠在座位上大口大口地从水壶里喝水，原来他回来的时候把水壶藏在了夹克衫底下。看见小伙子恼羞成怒的神情，工程师抓他胳臂的手更用劲了；另一个小伙子下了车朝工程师扑来，工程师退了两步，几乎是带着怜悯的神情，等他扑过来。这时军人从天而降，修女们的叫声也惊动了陶努斯和他的伙伴；陶努斯听了事情的经过，走到拿水壶的小伙子身边，给了这家伙两记耳光。那小伙子又喊又闹，哭了起来，另一个嘴里嘟嘟囔囔，再也不敢掺和进来。工程师夺过水壶，递给了陶努斯。这时又响起了喇叭声，每个人都回到自己车上，可这回也没多大进展，车流向前走了还不到五米。

到了午睡时间，阳光比起前一天来更加炽热，一位修女除下头巾，她的同伴替她在太阳穴那儿涂了些古龙水。女人们纷纷担当起助人为乐的角色，一辆车一辆车地照顾孩子，好让男人们腾出手来；没有人怨天尤人，当然这种一团和气的氛围也很勉强，不过是建立在千篇一律的文字游戏和心存疑虑的好言好语之上。对工程师和王妃上的姑娘来说，最难受的事情莫过于浑身臭汗、脏兮兮的；但他们每次到乡下夫妻那里和他们商量事情或是去告诉他们什么最新消息的时候，那两个人都对自己胳肢窝下散发出来的臭味浑不在意，这令他们钦佩不已。黄昏时分，工程师偶尔从后视镜看过去，只见开凯路威的男人一如既往地脸色苍白，没有丝毫表情，一副事不关己的样子，和开弗洛里德的胖子一个样。他觉得这人的脸比之前更瘦更尖，暗想这人是不是病了。可后来当他过去同军人还有他的妻子聊天的时候，他就近看了看，才发现这人不是生病，而是另外一回事，一定要有个说辞的话，也许就叫作不合群。大众上的军人后来告诉工程师，自己的妻子有点害怕这个一声不吭的男人，这人从不离开他的方向盘，就连睡觉都好像睁着眼睛。各种猜测都有，人们实在闲到无聊，甚至编出了一则怪谈。陶努斯和203上的两个孩子已经成了好朋友，一会儿吵架，一会儿又和好；小孩儿的家长也互相走动，而王妃上的姑娘过一会儿便会去看看ID上的老太太还有波利欧上那位妇人怎么样了。入夜之际突然刮起一阵大风，从西方涌上一片乌云，遮住了太阳，大家都开开心心的，心想这下可以凉快了。雨点落下来的时候，正好车流向前走了一百来米；远方划过一道闪电，天越发闷热了。空气里充满了电荷，陶努斯出于本能直到天黑也没再让大家做些什么，仿佛担心在如此的疲劳和炎热下会出意外，对他这种本能，工程师嘴上没说什么，心里却十分赞赏。八点钟，女人们负责分配给养；大家早先已经决定把那对乡下夫妻的阿利亚纳作为总储备所，修女们那辆双马力作为补充库存。陶努斯亲自去和另外四五个邻近团体的头儿商谈，谈妥之后，在军人和 203 男人帮助下，他们给别的小组送去一些食品，换回了更多的水，甚至还有一点葡萄酒。人们还做出决定，让西姆卡上的两个小伙子把他们的充气床垫让给 ID 上的老太太和波利欧上的妇人；王妃上的姑娘给她们拿去了两条苏格兰毛毯，工程师把自己的车贡献出来给需要的人使用，他把它戏称为卧铺车厢。没想到王妃上的姑娘欣然接受了他的盛情，这天夜里，她和一位修女共享了标致 404 的卧铺，另一位修女去到标致 203 车上，和小女孩以及女孩的妈妈睡在一起，那丈夫则裹了条毯子在公路上过夜。工程师一点儿也不困，和陶努斯还有他的朋友一起玩掷色子游戏，阿利亚纳上的乡下男人一度也参加进来，他们一边谈论着政治，一边喝上两口白兰地，这酒还是这天早上乡下男人上交给陶努斯的。这一夜过得不坏。天变凉爽了，云朵之间还有几颗星星在闪烁。

天快亮的时候他们都困了，东方泛白之际，人最需要有个遮风避雨的地方。陶努斯在后座上孩子旁边睡了下来，他的同伴和工程师在前排座位上休息了片刻。在变幻的梦境之间，工程师仿佛听见远处传来了叫喊声，还看见了模模糊糊的亮光。另一个小组的头儿过来对他们说，往前大概三十来辆车的地方，有辆埃斯塔菲特着了火，起因是有人想悄悄煮菜吃。陶努斯对这件事说了两句玩笑话，就逐一去查看大家这一夜都过得怎么样，该吩咐的话一句都没落下。这天早上，车流很早就开始挪动，大家都急急忙忙把床垫和毯子收起来，但因为各处情况都差不多，没有人着急上火，也没有人乱按喇叭。到中午的时候，车流走了差不多五十米，公路右侧隐约看见一片树林的影子。大家都对那些此时能有好运气享受路边阴凉的人心生羡慕；兴许那儿还会有条小溪，或是有个出饮用水的龙头什么的。王妃上的姑娘闭上双眼，想象着自己在冲澡，水流顺着脖颈后背流下来，一直流到腿上；工程师悄悄看了她一眼，看见两滴泪珠顺着她的脸颊流下来。

陶努斯刚才已经往前走到了 ID 那里，这时回来找几个年轻的女士帮忙去照顾一下那位老太太，她有点儿不舒服。后面第三组的头儿管辖的人群里有一位医生，军人立即跑步过去找这位医生。工程师一直怀着略带嘲讽的善意注视着西姆卡上的两个小伙子努力改变，他尽量让自己原谅他们的不懂事，知道该给他们一次改过的机会。两个小伙子用一顶帐篷的篷布把标致404蒙了起来，卧铺车变成救护车，这么一来，老太太就可以在暗一些的环境下休息。她丈夫躺在她身边，握着她的手，人们让老两口单独和医生待在里面。之后两位修女也过来照顾老太太，她感觉好了很多，工程师尽力打发掉下午的时间，走访其他的车辆，太阳实在热辣的时候，他就在陶努斯的车里休息一会儿；总共只有三次他不得不跑到自己的车那里，老两口好像都睡着了，他随着车流把车往前开上一点儿，直到再一次停下来。就这样一直到夜幕降临，他们也没能前进到那片小树林。

凌晨两点左右，气温降了下来，有毯子的人都暗自庆幸可以把自己裹住。看上去这车流天亮以前是动不了了（从夜风里就可以感觉得到，它正从天边一动不动的汽车丛林那里刮来），工程师和陶努斯，还有阿利亚纳上的男人和军人坐了下来，一边抽烟一边聊天。陶努斯原先做的估计现在看来与现实不太相符，他很坦率地承认了这一点；天亮以后必须得做点什么，多弄一些吃的喝的。于是军人便去找邻近几个小组的头儿商量，那几位也没睡觉，他们压低嗓门把这些问题讨论了一番，不想把女人们吵醒。几个头儿又把范围扩大到八十或是一百辆车的半径，和远处的一些小组负责人商量了一番，最后确信各组的情况都大同小异。乡下男人对这一带比较熟悉，他建议等天一亮就派出两三个男人到附近的农庄里去买食物，在此期间由陶努斯指定司机来开那些没了主人的车。这主意不错，在场的人没费多少事就把钱凑够了；他们决定由乡下男人、军人和陶努斯的同伴一起去，带上所有能用的提包、网兜和水壶。其他小组的头儿们也纷纷返回各自的单元，去组织类似的出征。天亮以后，他们把实情告知各位女士，只要车流能继续向前行进，该做的他们都做了。王妃上的姑娘告诉工程师说，老太太已经好一些了，坚持要回到他们那辆 ID 上去；八点钟，医生过来了，他觉得老夫妇俩回自己车上没什么不合适的。尽管如此，陶努斯还是决定把标致 404 专设为救护车；两个小伙子为了好玩儿，自制了一面红十字小旗，挂在 404 的天线上。已经有好一会儿了，人们都尽量不从自己的车上下来；气温继续下降。到了中午，天上下起了雨，远远地，还能看见闪电。乡下男人的老婆赶紧拿出一只塑料广口瓶和一个漏斗接水，西姆卡上的小伙子看得很开心。工程师把这一切都看在眼里，他俯向方向盘，那儿摊开着一本书，他并没认真去看，而是暗自思索，为什么出去的那几个人还迟迟没有归来。过了片刻，陶努斯悄悄叫他到自己车上去一趟，两个人都上了车之后，陶努斯告诉他，事没办成。陶努斯的同伴提供了更多的细节：要么是农庄废弃了，要么就是农户拒绝卖给他们任何东西，说是有规定不能把东西卖给个人，而且怀疑他们是稽查人员，故意利用这种情况来引他们上钩。尽管如此，他们还是弄回来一点水和一点吃食，也说不定是军人顺手牵羊的成果，他在一旁笑眯眯的，根本不参加这些细节的讨论。当然，不会再堵很长时间了，可是他们手头的这些食物并不适合两个孩子和那位老太太。下午四点半左右，医生又来看了一趟病人，他露出懊恼困倦的神情对陶努斯说，在他那个小组里，其实在周围所有的小组里，出征都不顺利。收音机里早就在说要采取紧急措施来疏通公路，但只有天快黑的时候来过一架直升飞机，转了一小会儿就走了，除此之外再也没见其他的措施。不管怎么说，天越来越凉快了，大家似乎都在等候夜晚的到来，好用毯子把自己裹起来，在睡梦中把等候的时间缩短几个小时。工程师坐在自己的车里，听着王妃上的姑娘和DKW上的旅行推销员聊天，那推销员给她讲故事，姑娘勉勉强强地报以笑容。突然，他们吃惊地看见了波利欧上那个从不下车的妇人，于是工程师下了车，问她有没有什么需要帮忙的，可那位妇人只是想打听一下最新的消息，她和修女们聊了会儿天。天黑了，大家被一种莫名的厌倦情绪所笼罩；与其去听那些永远自相矛盾的假消息，不如屈服于倦意。陶努斯的同伴悄悄走了过来，把工程师、军人和203上的男人叫了过去。陶努斯告诉他们说，弗洛里德上的司机刚刚逃走了；西姆卡上的一个小伙子看见那车上没了人，他也实在闲极无聊，便去找这车的主人。谁都不认识弗洛里德上的那个胖子，只知道第一天他嚷嚷得最欢，后来却像那个开凯路威的人一样沉默不语。到了早上五点钟，那位弗洛里德（这是西姆卡上的小伙子对他的戏称）确实是逃走了，随身带走了一只手提箱，把另一只装满衬衣和内衣的箱子扔在了车上，于是陶努斯决定，让西姆卡上的一个小伙子去负责这辆被遗弃的车，免得妨碍整个车流的行进。人们都隐隐觉得，这人在漆黑的夜间逃走，情况有点不太妙。旷野里，这个弗洛里德能跑到哪儿去呢？除此之外，这个夜晚似乎还有别人做出了重大决定。工程师躺在404的卧铺上，觉得好像听见了一声呻吟。起初他以为是军人和他妻子在做点什么，在这漆黑的夜晚，又处在这样的情况下，他们做点什么完全可以理解，后来他又仔细一想，便把盖在车后窗上的帆布掀了起来；在暗淡的星光下，一米五开外，他看见了凯路威那一成不变的前挡风玻璃，玻璃另一面，那人变了形的脸仿佛贴在了上面，歪倒在一旁。他不想弄醒两位修女，于是悄悄从左边下了车，走近凯路威。然后他叫来了陶努斯，这时军人飞奔去找医生。很显然，这人服下什么毒药，自杀了；记事本上用铅笔写下了几行字，是给一个叫伊薇特的女人留下的一封信，这女人在维尔松把他甩了。幸好在车里睡觉已经成了定例（夜里太冷，谁也不会想待在车外面），也很少有人会去操心有没有人穿过车林，走到公路边去方便方便。陶努斯召集了一次紧急会议，医生对他的提议深表赞同。把尸体就近放在公路边，会吓着后面过来的人，至少也会让他们不太舒服；把尸体扔远一点吧，扔到田野里去，又怕会遭到当地居民的强烈排斥——前一天晚上，另一组有个年轻人去找吃的，就被那帮人连骂带打地收拾了一顿。阿利亚纳上的乡下人和DKW上的旅行推销员倒是有工具能够封死凯路威的后备厢。这两位开始动手干活的时候，王妃上的姑娘也过来了，她浑身颤抖，紧紧拉住工程师的胳膊。他压低嗓音把刚才发生的事情解释给她听，等她平静下来一点，便把她送回她自己的车上。陶努斯和他的帮手们把尸体塞进后备厢里，军人用手电筒照着，旅行推销员用透明胶带和胶水把后备厢紧紧封住。因为标致203上的女人也会开车，陶努斯决定让她的丈夫来开凯路威，反正车就在203的右边；就这样，天亮以后，203上的小女孩发现爸爸又有了一辆车，就不停地从一辆车爬上另一辆车，而且把她的一些玩具也放在了凯路威上。

第一次，大白天人们也觉得冷，谁也不想把外套脱掉。王妃上的姑娘和两位修女清点了本组的几件大衣。在几辆车里或是在提箱里又碰巧找到几件套头毛衣，还有几条毯子、风衣和薄外套之类。大家制定了一个优先使用名单，外套也分发了下去。现在又面临缺水的问题，陶努斯派出去三个人，包括工程师，试图和当地百姓周旋一番。不知道为什么，外面的人对他们反感透顶；他们只要一离开公路边，便有石块从四面八方像雨点般投向他们。深夜里，不知是什么人把一柄大镰刀砸向DKW的车顶，落到了王妃旁。旅行推销员被吓得脸色发白，没敢从车里出来，但是，开迪索托的那个美国人（他并没有加入陶努斯这个小组，可大家对他的好心态还有爽朗的笑声都十分欣赏）迅速跑过来，把镰刀抡了几圈，用尽全力扔了回去，一面还高声叫骂着。然而，陶努斯认为不宜这样加深敌对情绪，或许以后还能从那里换些水来。

现在没人再去记这一天或者是这几天到底前进了多少米；王妃上的姑娘觉得应该在八十到二百米之间；工程师倒没有她那么乐观，但他乐于做出各种复杂的估算，拖延与女邻居一起计算的时间，DKW上的旅行推销员正施展自己的职业本领对她大献殷勤，工程师觉得时不时有点儿事情打打岔也挺有意思。就在这天下午，负责驾驶弗洛里德的小伙子跑过来告诉陶努斯，有一辆福特水星正在高价卖水。陶努斯拒绝了，可是到了天黑的时候，一位修女为ID上的老太太向工程师要一口水喝，老太太不曾抱怨，但她的确很难受，一直握着丈夫的手，由两位修女和王妃上的姑娘轮流照看着。水只剩下半升，女人们把水全给了老太太和波利欧上的妇人。这天晚上，陶努斯自掏腰包买了两升水；福特水星答应第二天再弄些水来，只是价钱要翻番。

现在要想把大家都召集在一起商量点事太难了，天气太冷，若非迫不得已，谁都不想离开车子。电瓶里的电也用得差不多了，不可能整天都把暖气开着。陶努斯做出决定，把两辆各方面配置最好的车留出来以备不时之需，给病人使用。每个人都用毯子把自己裹起来（西姆卡上的两个小伙子把自己车上的椅垫扯下来做成背心和帽子，已经有人开始仿效他们了），尽量少开车门，好存住些许热气。就在这样一个寒冷的夜晚，工程师听见王妃上的姑娘在低声抽泣。他静静地、一点点打开车门，在黑暗中摸索着，触摸到一张被泪水打湿的脸庞。姑娘顺从地跟他上了标致404；工程师扶着她在卧铺上躺下来，把唯一的一条毯子盖在她身上，又给她盖上自己的风衣。帐篷布遮住了两边的车窗，这辆救护车里面显得格外暗。工程师又放下两扇遮阳板，把自己的衬衣和一件套头毛衣挂在上面，使这辆车与外面完全隔绝开来。天快亮的时候，她在他耳边轻声说，在哭泣之前，她觉得，在右手边，自己远远地看见了城市的灯火。

也许那真的是一座城市，可清晨的浓雾让人连二十米外都看不清。奇怪的是，这一天车流倒前进了不少，大约有二三百米之多。这和最新的广播一致（现在谁都不去听广播了，除了陶努斯，他觉得自己有义务随时掌握最新情况）；播音员们一再强调正在采取特殊手段来疏通道路，他们还提到，交通巡视员和警察都已经累得筋疲力尽。突然，一位修女开始说胡话。她的同伴惊恐地看着她，王妃上的姑娘则用剩下的一点香水在她的太阳穴上涂抹，那修女说起了世界末日的善恶大决战、第九日、朱砂串什么的。中午开始，天上下起了雪，雪一点一点地把车围了起来，医生在雪中艰难行走，很晚才到。他为手头没有镇静针剂深感遗憾，建议把这位修女转移到暖气好一些的车上去。陶努斯把她安置在自己的车上，那小男孩去了凯路威那里，标致203上他的小伙伴也在那辆车上；他们一起玩着玩具小汽车，玩得兴高采烈，因为只有他们没有挨饿。这一整天，加上接下来的几天，雪一直下个不停，当车流能前进几米的时候，人们还得想各种办法清除车辆之间的积雪。

现在，不管用什么办法获取食物和水恐怕都不会有人感到惊奇。陶努斯唯一能做的只有管好公有资金，在以物换物时争取最大的收益。每天晚上，福特水星和另一辆保时捷就会过来兜售口粮；陶努斯和工程师负责根据每个人的身体状况把口粮分发下去。不可思议的是，ID上的老太太活了下来，只是陷入了昏睡，女人们正在想办法。波利欧上的那位妇人几天前还时不时呕吐昏厥，但她随着气温下降彻底康复，现在成了那位修女的得力助手，帮助照顾后者那虚弱不堪甚至还有点精神错乱的同伴。军人的妻子和203上的妻子负责照看两个孩子；DKW上的旅行推销员眼见王妃上的姑娘更情愿和工程师待在一起，也许是为了寻找安慰吧，一连几个小时给孩子们讲故事。到了夜里，各小组都有自己的私密生活；车门会静悄悄地打开，一个个冻得发木的黑影进进出出；谁都不去看别人，各人都像自己的影子一样，对一切视而不见。蒙在脏兮兮的毯子下，手上的指甲疯长，浑身散发出多日困在狭小空间未换衣服的气味，却有欢愉处处蔓延。王妃上的姑娘没有看错：远处确实有一座灯火辉煌的城市，而且越来越近。每到下午，西姆卡上某个小伙子就爬上车顶，身上东一块西一块地裹着椅垫的碎片和绿色的麻布，不知疲倦地瞭望着。在无望地注视远方的地平线之余，他千百次地把目光投向周围的车辆；他不无忌妒地发现王妃上的姑娘竟然在标致404上，先是热吻，接着以一只手爱抚另一个人的脖颈结束。这时他已经重新获得了404的友谊，完全是出于玩笑，他冲着他们大声叫喊，说车队又该挪动了；于是王妃急忙从404车上下来，钻进自己车里，可稍过片刻她就又会钻过去寻求温暖，西姆卡上的小伙子当然也希望能从别的小组里带个姑娘到自己车里来，可是如今饥寒交迫，这种美事儿想都别想，更不用说陶努斯小组与前面一个小组已经因为一罐炼乳结下了不解之仇，除了与福特水星和保时捷有生意上的往来之外，和其他的小组绝无交往的可能。因此，西姆卡上的小伙子一面满怀惆怅地叹息着，一面继续瞭望，直到冰雪与严寒使他不得不浑身哆嗦地钻回自己的车里。

寒意渐消，紧接着是一段风雨交加的日子，不但消磨着人们的意志，也给物资供应增添了困难，再往后便是凉爽的晴天，人们又可以走出车子，互相串门，修复和周围其他小组的关系。各组的头儿已经在一起讨论了局势，最后，他们同前面那个小组也达成了和解。人们都在议论着福特水星的突然消失，这在很长一段时间里成了人们纷纷议论的话题。谁也说不清这车到底出了什么事，但保时捷依然定期前来，把控着黑市交易。有了这些交易，水和罐头从来没短缺过，但小组的资金在一点点减少，工程师和陶努斯有时会自问，真到了没钱给保时捷付账的那一天该怎么办。有人提出偷袭，把他抓起来，逼他说出这些供给的来源，然而这些天车流向前移动了很长一段距离，各组的头儿们觉得最好还是再等等看，不要因为一个带暴力色彩的决定把一切都搞砸了。工程师已经进入一种近乎愉悦的无动于衷的境界，当王妃上的姑娘羞羞答答地把那事告诉他的时候，一时间他还是吃了一惊，可随后他就想开了，这种事在所难免，想到会和她有一个孩子，工程师觉得这事儿再正常不过，就和每天晚上分发食物，或是偷偷摸摸走到公路边去方便一样正常。ID上老太太的死亡也没有人觉得意外。只是深更半夜的，大家又不得不忙活了一阵，她的丈夫接受不了这样的现实，也得有人陪伴他，安慰他。前面有两个小组起了冲突，陶努斯不得不去充当仲裁的角色，勉勉强强算是把事情摆平。随时都有可能发生情况，毫无规律可言；在谁都不再指望的时候，最重要的事情发生了，而且是最无所事事的那一位最先发现的。在西姆卡的车顶上，那位兴高采烈的瞭望哨突然觉得地平线那边有了些变化（正值日落，橙黄色的斜阳那微弱的光线逐渐暗淡），一个几乎令人难以置信的异象发生了，就在五百米、然后是三百米、二百五十米外。他把这消息大声喊给404，404对王妃说了句什么，她迅速回到了自己车上，这时，陶努斯、军人、那个乡下人都已经飞奔而至，小伙子还站在西姆卡的车顶上，用手指着前方，一遍又一遍地重复着他的宣言，仿佛是想说服自己他双眼所见是实实在在的景象；这时他们听见一片骚动，一股沉重然而不可遏制的迁徙浪潮把车龙从无休无止的昏睡中猛然惊醒，试探着它的力量。陶努斯大声命令各人回到自己车里，波利欧、ID、菲亚特600和迪索托同时发动了。双马力、陶努斯、西姆卡和阿利亚纳紧跟着动了起来，西姆卡的小伙子还陶醉在自己的成就里，他转过头来朝着404挥了挥手，这时，404、王妃、修女们的双马力和DKW也同时开动了。可一切还取决于这种状态能持续多长时间；开到和王妃并排的时候，404几乎是习惯性地如此思量，还朝那姑娘笑了笑，给她打气。在他们后面，大众、凯路威、203还有那辆弗洛里德同时慢慢启动，在用一挡行进了一小段之后，都挂上了二挡，一直在二挡，可是毕竟不用像先前那样总要松开离合器了，大家都把脚踩在油门上，等待着换成三挡。404把左胳臂伸出车外，去够王妃的手，却只勉强碰到了她的指尖，他在她的脸上看到了一丝微笑，仿佛不敢相信有这样的好事，他想，他们很快就会到巴黎了，要先好好洗个澡，一起随便到哪里去，到他家，或她家，先洗个澡，再去吃饭，要洗个没完没了，要吃饭，还要喝点儿什么，要有家具，一间带家具的卧室，还要带浴室，能涂上剃须膏好好刮刮胡子，还得有抽水马桶，有食物，有抽水马桶，还有床单。巴黎就意味着一个抽水马桶和两条床单，热水冲洒在胸口和腿上，一把指甲刀，白葡萄酒，接吻之前必须喝点儿白葡萄酒，身上还要有薰衣草精油和古龙水的味道，然后他们钻进干干净净的床单中间，在明亮的灯光下充分地相知相识，再去浴室里嬉闹一番，相亲相爱，再冲个澡，喝点儿什么，去一家理发店，再去浴室，抚弄床单，也在床单里互相爱抚，在肥皂泡沫、薰衣草精油和毛刷之间相亲相爱，然后再去考虑接下来要做的事情，考虑孩子，考虑其他问题，考虑他们的未来，这一切都要依赖于车别再停顿下来，车流能继续前进，哪怕还不能挂上三挡，就这样挂着二挡开吧，只要能继续前进就行。404的保险杠蹭到了西姆卡，404身子后仰靠到座位上，觉得速度在加快，他感觉可以更快些，还不至于碰到西姆卡，西姆卡也在提高车速，不用担心会撞上波利欧，他感到凯路威紧跟在自己后边，大家都在一点点地加速，可以换三挡了，不会磨损发动机，变速杆奇迹般地挂上了三挡，车开得更平稳，也更快了,404向左面投去惊喜而温情的一瞥，想捕捉王妃的眼神。很自然，以这样的速度跑起来，各列车队很难并驾齐驱，王妃现在领先近一米，404只能看见她的后脑勺和一点点侧影，正在这时，她也转过头来看他，看到404越来越靠后，姑娘露出惊奇的神情。404微笑着以示安慰，猛地加速，可几乎立刻就踩下了刹车，差一点就撞上了西姆卡；他短促地按了一下喇叭，西姆卡的小伙子从倒车镜里看了他一眼，做了个无能为力的表情，又伸出左手指指前面的波利欧，两车几乎贴在了一起。王妃现在领先三米，和西姆卡并排，203和404开在了一起，车上的小女孩挥着手，让他看自己的小洋娃娃。右手边一团红色的影子分散了404的注意力；不是修女们开的那辆双马力，也不是军人的那辆大众，而是一辆陌生的雪佛兰，雪佛兰也超过去了，跟着是一辆蓝旗亚和一辆雷诺8。左边，一辆ID和他并行，后来也一米一米地和他拉开了距离，ID被后面一辆403取代位置的时候，404还勉强能看见前面的203，王妃被它挡住了。他们的小组就这样散开，已经没有什么小组了，陶努斯应该在前面二十多米远的地方，它后面是王妃；这时，左边第三列也落后了，因为本来该是旅行推销员的DKW的位置，现在他看见的是一辆黑色的老式货车的车尾，可能是辆雪铁龙，也说不定是辆标致。车都挂着三挡，随着一列列车流的节奏，时而超到前面，时而又落到后面，浓雾和夜色中，公路两边的树木房屋都向后方闪去。前面的车打开灯，后面的也相继打开了红色指示灯，夜幕一下子降临了。时不时有喇叭声响起，速度盘上的指针越升越高，有的车列开到七十公里，也有的开到六十五或六十。在不同车列的进退之间，404还心怀一线希望，希望能追上王妃，可时间一点点流逝，他慢慢认清这是徒劳的念想，小组已经无可挽回地解散了，他们再也不能每天碰头开会，无论是例行会议还是在陶努斯车里的紧急会议，他再也不能感受到宁静的清晨里王妃给予他的爱抚，听不到孩子们玩小汽车时的嬉笑声，看不到修女们手捻念珠的情景。当前面西姆卡的刹车灯亮起的时候，404心怀一股荒唐的渴望，他停住车，匆匆拉起手刹，跳出车子，向前跑去。除了西姆卡和波利欧外（凯路威应该在他后面，但这对他来说无关紧要），没有一辆他认识的车；各式各样的车窗玻璃后面，一些他平生从未见过的面孔看着他，带着震惊，甚至带着愤慨。喇叭一阵乱响，404不得不回到自己的车上，西姆卡的小伙子对他做了个友好的表情，仿佛表示能理解他的举动，鼓励般指了指巴黎的方向。车流继续前行，开始几分钟前进得很慢，到后来，高速公路仿佛完全放开了。404的左边跑着一辆陶努斯，有那么一瞬间，404以为他们的小组重新聚合起来了，一切又恢复了先前的秩序，不必以打破为代价而继续前行。可这辆陶努斯是绿色的，而且方向盘后面坐的是个戴墨镜的女人，她目不转睛地盯着前方。这时候，只能随波逐流，机械地跟上周围车辆的速度，什么也不去想。他的皮夹克应该是落在军人的大众上了。他前几天看的那本小说在陶努斯那里。一瓶几乎空了的薰衣草精油落在了修女们的双马力上。他这里倒有王妃上的姑娘当吉祥物送给他的长毛绒小熊，他不时伸出右手摸一摸。荒唐的是，他无法抛却这些念头，九点半钟该去分发食品、探望病人，还得和陶努斯以及阿利亚纳的乡下人一起分析形势；然后天黑了，王妃会悄悄来到他的车上，满天的星斗和云彩，这才叫生活。是的，生活本该这样，一切不能就这样告终。也许军人能弄到些水，最后那几个小时水实在稀缺；不管怎么说，只要能按照那家伙的要求付钱，还是可以指望保时捷的。车前的天线上，红十字旗帜还在猎猎飘扬，车已经跑到了每小时八十公里，前方的灯火越来越明亮，只有一件事他不明白，为什么要这么匆忙，为什么深更半夜在一群陌生的汽车中，在谁都不了解谁的人群中，在这样一个人人目视前方、也只知道目视前方的世界里，要这样向前飞驰。

病人的健康

柯莱丽雅姨妈突然感觉不太舒服，一时间家里慌作一团，有好几个小时，谁都来不及做出反应或者讨论出个应对办法，就连一向处事老到的罗克舅舅也束手无策。电话打到了卡洛斯的办公室，罗莎和佩帕打发走了学习钢琴和声乐的学生，连柯莱丽雅姨妈也在担心妈妈的身体，胜过担心她自己。她确信自己的病问题不大，可妈妈的血压和血糖情况太糟糕，不能把这种令人不安的消息告诉她。大家都非常清楚，是博尼法斯大夫最先理解并且赞成对她隐瞒阿莱杭德罗的事。要是柯莱丽雅姨妈不得不卧床休息，也得想个办法让妈妈不要去怀疑她病了，阿莱杭德罗那件事就已经让大家很艰难，现在又雪上加霜；只要一不留神，她就会知道真相。家里房子倒是挺大，可也不能不考虑到妈妈敏锐的听觉，以及她那神奇的本领：她总能猜到家里每一个人的位置，这让大家都很不放心。佩帕是用楼上的电话打给博尼法斯大夫的，她告诉她的兄弟姐妹，大夫会尽快赶到，他们要把栅栏门虚掩着，这样大夫来的时候就不用叫门了。柯莱丽雅姨妈已经昏厥过去两次了，而且说她头疼得受不了，罗莎和罗克舅舅忙着照看她的时候，卡洛斯则在妈妈那里，给她讲和巴西发生外交冲突的消息，读最近的新闻给她听。这天下午，妈妈兴致很高，也没有腰疼，平日午睡时总会疼上一回的。她见人就问出什么事儿了，怎么大家看上去都神情紧张，家里人顾左右而言他，谈论着低气压以及面包添加剂的不良后果。喝下午茶的时候，罗克舅舅来陪妈妈聊天，卡洛斯这才腾出身来去洗了个澡，然后去楼下等大夫。柯莱丽雅姨妈现在感觉好一些了，就是在床上挪动还有点费力，第一次昏厥醒过来以后，她就把过去操不完的心都放下了。佩帕和罗莎轮流陪着她，端茶倒水，她却没说话；黄昏时分，家里平静了下来，兄弟姐妹们互相商量了一下，都说柯莱丽雅姨妈的病大概真的不太要紧，也许明天下午她就可以回到妈妈的卧房里去，就像什么事也没发生过一样。

阿莱杭德罗的事要糟糕得多，因为他出车祸去世了，当时他刚抵达蒙得维的亚，正准备去一个工程师朋友的家。已经过去近一年了，可是对这个家来说，这依然像是刚刚发生的事情，只除了妈妈，因为于她而言，阿莱杭德罗是去了巴西，累西腓有一家大公司委托他在那里建一座水泥厂。自从博尼法斯大夫发出警告之后，大家也不敢把这消息一点一点地告诉妈妈，暗示她说阿莱杭德罗出了意外，受了点轻伤之类。就连最初有些不解的玛利亚·劳拉，也承认无法把这个消息告诉妈妈。卡洛斯和玛利亚·劳拉的父亲一起去了趟乌拉圭，带回了阿莱杭德罗的遗体，这边全家人都在照看妈妈，因为那一天她心情不好，很难应付。工程师俱乐部答应在他们那里给阿莱杭德罗守灵，忙于照看妈妈没法脱身的是佩帕，她连阿莱杭德罗的棺材都没能看上一眼，其他人则轮流守着，还有陪伴可怜的玛利亚·劳拉，她悲伤不已，眼泪都流不出来。和以往一样，最后的主意还是要由罗克舅舅来拿。天快亮的时候，他同卡洛斯谈了谈，卡洛斯埋头趴在餐桌的绿色台布上，为自己的兄弟无声地哭泣着，就在这个地方，他们曾经多少次一起打牌呀。后来柯莱丽雅姨妈也过来了，妈妈一整夜都睡着，这会儿倒不用替她操心。在罗莎和佩帕的默许下，大家决定了首先要采取的措施，先把《国民报》藏起来——有时妈妈也会打起精神看上几分钟报纸，同时所有人都赞同罗克舅舅的主意。就说有一家巴西公司和阿莱杭德罗签了个合同，他得在累西腓待上一年，阿莱杭德罗只有几个小时来做准备，只得中断了在工程师朋友家短暂的休假，收拾好箱子，登上了最近的一班飞机。妈妈要明白现在时代不同了，那些公司老板才不管别人怎么想，但是等到年中，阿莱杭德罗总能想办法休上一个星期的假，回布宜诺斯艾利斯来。妈妈似乎不太情愿地接受了这个消息，当然她还是哭了一会儿，大家赶紧拿出嗅盐给她闻闻。卡洛斯最懂得怎么逗她开心，对她说，家里的小儿子刚有了点成就，这样哭哭啼啼的太难为情了，而且如果阿莱杭德罗知道大家是这样对待他签了合同的消息，会不高兴的。妈妈果然安静下来，还说为了遥祝阿莱杭德罗健康，想喝一小口马拉加的甜葡萄酒。卡洛斯突然冲出去找葡萄酒，却是罗莎把酒拿了回来，还和妈妈一起干了杯。

妈妈的日子过得不容易，虽说她很少抱怨，但还是有必要想各种办法陪陪她，尽量分散她的注意力。阿莱杭德罗葬礼的第二天，她觉得奇怪，玛利亚·劳拉怎么没像以往那样在星期四来看她，佩帕下午就去了诺瓦里家和玛利亚·劳拉谈了这件事。与此同时，罗克舅舅正在一个律师朋友的书房里把事情的原委解释给他听，律师答应马上给他在累西腓工作的兄弟写封信（在妈妈家里说出累西腓这个地名可不是随意而为），通信的事情就算安排好了。博尼法斯大夫也仿佛是顺便来看了看妈妈，检查过她的视力后，他说情况好多了，但还是劝她这些天不要看报纸了。柯莱丽雅姨妈会把那些最有意思的消息告诉给她，幸好妈妈不喜欢听新闻广播，因为内容太俗气，而且每过一会儿就会插播可疑的药品广告，敢去吃这些药的人简直是拿命在赌博。

星期五下午，玛利亚·劳拉来了，说自己现在忙着学习，要准备建筑学的考试。

"对，我的好孩子，"妈妈对她说，眼里满含柔情，"你看书把眼睛都熬红了，这可不好。用点儿金缕梅敷一敷，那是最管用的。"

罗莎和佩帕一直在旁边，不时接几句话，这样，玛利亚·劳拉努力坚持住了，当妈妈说起这坏小子未婚夫竟然不吭一声，一走就是这么远时，她甚至还微笑了一下。现在的年轻人就是这样，世界变得疯狂了，每个人都匆匆忙忙，做什么都没时间。后来妈妈又开始讲起那些大家都无比熟悉的祖辈往事，咖啡送来了，卡洛斯也进来插科打诨，讲讲故事，罗克舅舅有时在卧室门口站一会儿，一脸好脾气的样子望着他们，就这样一直到妈妈该休息的时间，一切如常。

一家人就这样慢慢习惯了，玛利亚·劳拉更艰难一些，但好在她只有每个星期四才来看妈妈；一天，阿莱杭德罗的第一封信到了（妈妈已经问了两次，怎么还没有他的消息），卡洛斯在床头给她读了信。阿莱杭德罗很喜欢累西腓，他谈到了港口，谈到卖鹦鹉的小贩，还谈到了那里好喝的冷饮，他说那里的菠萝便宜得就像不要钱一样，咖啡也货真价实、浓香四溢，家里每个人听了都直流口水。妈妈让把信封拿给她看看，还说把邮票送给莫洛尔达家的小男孩，这孩子集邮，虽然妈妈并不喜欢孩子们玩邮票，因为这些东西可是哪儿都去过的，而孩子们玩过以后从来不知道洗手。

"他们总拿舌头舔了邮票再贴，"妈妈总是这么说，"谁都知道，那上头尽是细菌，留在舌头上了还会繁殖。不过还是把这张邮票给他吧，反正他已经有了那么多张，多一张也……"

过了一天，妈妈把罗莎叫来，口授了一封给阿莱杭德罗的信，问他什么时候可以休假，回来一趟是不是要花很多钱。她还给他讲了讲自己现在的身体状况，说卡洛斯刚刚被提了职，跟佩帕学钢琴的一个学生得了奖。她还告诉他，玛利亚·劳拉每个星期四都来看她，一次不落，可她学习太刻苦了，对眼睛不好。信写好之后，妈妈在结尾用铅笔写下了自己的名字，又轻轻地吻了一下信纸。佩帕说要去找个信封，便站起身来，柯莱丽雅姨妈拿来了五点钟要吃的药，以及要插在橱柜上花瓶里的鲜花。

一切都难之又难，因为在这段时间里，妈妈的血压更高了，家里人有时会怀疑，是不是冥冥之中有什么东西在起着作用，是不是他们的举止中有什么露馅儿的地方，尽管大家慎之又慎，强颜欢笑，还是有一丝不安或是沮丧给妈妈造成了不好的影响。但这是不可能的呀，因为即便是假装去笑，到最后都会和妈妈一起真的哈哈大笑起来，有时候没在妈妈跟前，他们也会互相开开玩笑、推搡一番，不过紧接着就会像是从梦中惊醒一样，诧异地望着彼此，佩帕满面通红，卡洛斯低下头，点燃一支烟。说到底，唯一要紧的是把时间混过去，别让妈妈有所察觉。罗克舅舅跟博尼法斯大夫谈过了，大家也一致同意要把这场善意的哄骗喜剧一直演下去，哄骗喜剧这个词儿还是柯莱丽雅姨妈的创造。唯一让人担心的是玛利亚·劳拉到家里来的时候，因为妈妈理所当然地要一次又一次地谈起阿莱杭德罗，她想知道是不是等他从累西腓回来他们就会立即结婚，又担心她这个发疯的儿子会不会再接受另一份合同，去那么远的地方待那么长的时间。玛利亚·劳拉这时总是一动不动地坐在椅子上，一声不吭，两只手紧紧地握在一起，甚至把自己捏伤，大家也没有别的办法，只能不时地进到卧室里分散妈妈的注意力，解救玛利亚·劳拉，可是有一天，妈妈问柯莱丽雅姨妈，为什么每回玛利亚·劳拉来看她，大家都这样急着来找她，好像只能趁这会儿跟她相处似的。柯莱丽雅姨妈放声大笑，说这是因为大家都在玛利亚·劳拉身上看到了阿莱杭德罗的影子，所以每次她一来，大家就都想要和她待在一起。

"你说得有道理，玛利亚·劳拉太好了，"妈妈说，"我那个无赖儿子配不上她，真真的。"

"瞧你还说这话，"柯莱丽雅姨妈说，"你每次一提到儿子，眼睛都亮起来了。"

妈妈也笑了，并且想起来这几天该收到阿莱杭德罗的信了。信真的到了，罗克舅舅把信连同下午五点钟的茶一起送了进来。这一回妈妈想亲眼看看这封信，让人拿来了老花镜。她用心地读着，好像每一句话都是一口需要反复品鉴的美味。

"现在的年轻人真是不懂得什么是尊重，"她的语气其实并不十分在意，"虽说我们年轻时还没人用打字机，可就算是能用，我也绝不敢用这玩意儿给我父亲写信，你肯定也不敢。"

"确实，"罗克舅舅说道，"谁不知道那老头儿的坏脾气。"

"罗克，你这么称呼他也太不像话了。你知道的，我从来就不喜欢听你叫他老头儿，可你总是无所谓。别忘了妈妈生起气来有多可怕。"

"好吧，行了行了。我也就是随口一说，和尊重不尊重没有关系。"

"奇怪，"妈妈边说边摘下眼镜，看着天花板上的嵌线，"阿莱杭德罗已经寄来五六封信了，却没有一回叫我……嗯，这可是我们俩的一个小秘密。很奇怪，你知道的。为什么他连一回都没这样叫过我？"

"也许是这孩子觉得把这称呼写在纸上会有点儿傻吧。口头上叫你是一回事儿……他是怎么叫你的？"

"这是秘密，"妈妈说道，"是我的小儿子和我之间的秘密。"

佩帕和罗莎对这个称呼一无所知，问卡洛斯，他也只是耸了耸肩。

"还能怎么样呢，舅舅？我能做到的就是伪造个签名。我觉得妈妈会把这事儿忘掉的，你也别太在意了。"

就这样四五个月过去了，阿莱杭德罗在一封信里说他现在很忙（可是他忙得很开心，因为对一个年轻的工程师来说，这是一次非常好的机会），妈妈坚持说，现在他该休假回一趟布宜诺斯艾利斯了。回信由罗莎执笔，她觉得这一回妈妈口述得特别慢，好像每句话都要斟酌半天。

"天晓得这家伙能不能回来一趟，"罗莎仿佛不经意地说了句，"他正是顺风顺水的时候，要是为这件事跟公司闹得不愉快那就没意思了。"

妈妈好像没听见一样，继续口述着。她的健康状况不容乐观，她是真想见到阿莱杭德罗，哪怕只有几天也好。阿莱杭德罗也该挂念着玛利亚·劳拉，倒不是说他太冷落未婚妻，但爱情不能只靠千里之外的甜言蜜语和种种诺言来维系。不管怎样，她希望阿莱杭德罗尽快给她来信，带来些好消息。罗莎注意到妈妈这一回签名之后没有亲吻信纸，而是死死盯住这封信，仿佛要把它印在自己的脑海里。"可怜的阿莱杭德罗。"罗莎想道，背着妈妈匆忙画了个十字。

"你瞧，"罗克舅舅对卡洛斯说，这天晚上他们俩单独留下来玩了盘多米诺骨牌，"我看要坏事儿。得想个说得过去的理由了，要不然，她迟早会明白真相的。"

"我是没辙了，舅舅。最好是能让阿莱杭德罗回信写点儿什么事，能让她再高兴上一段时间。可怜她身体这么虚弱，我真没法想象，如果……"

"谁也没说那个，孩子。可我要告诉你，你妈妈是那种坚持到底的人。这是我们家族的性格，小子。"

妈妈看完了阿莱杭德罗闪烁其词的回信，一句话也没说。信中说等到工厂第一阶段完工，他一定争取请上几天假。这天下午，玛利亚·劳拉来的时候，妈妈请她也劝劝阿莱杭德罗，让他回布宜诺斯艾利斯一趟，哪怕是一个星期也行。玛利亚·劳拉后来告诉罗莎，妈妈是在别人听不见的情况下对她说的。还是罗克舅舅最先提出了建议，其实这办法大家也都想过好多次，只是谁也没有勇气把话挑明罢了。当妈妈又向罗莎口述信件让阿莱杭德罗回来的时候，罗克舅舅下了决心，没有别的办法了，只有试一试，看妈妈能不能受得住第一个坏消息。卡洛斯咨询了博尼法斯大夫，大夫的意见是，审慎行事，准备些药水。在一段必要的等待之后，一天下午，罗克舅舅过来坐在妈妈床边，罗莎在药柜旁边沏着马黛茶，眼睛望向窗外的阳台。

"你瞧瞧，我这才算有点明白了，为什么我这个臭外甥下不了决心回来看我们，"罗克舅舅说道，"他知道你身体还没恢复，他不想让你担心。"

妈妈看着他，好像没听懂他在说些什么。

"今天诺瓦里家打电话来了，好像是玛利亚·劳拉有了阿莱杭德罗的消息。他没什么大事儿，不过这几个月不能出远门了。"

"为什么不能出远门？"妈妈问道。

"因为他有只脚出了点儿问题，好像是吧。我记得是脚踝那儿。得问问玛利亚·劳拉到底怎么回事。老诺瓦里说是骨折了还是怎么着了。"

"脚踝那儿骨折了？"妈妈追问道。

在罗克舅舅开口回答之前，罗莎早已把嗅盐的小瓶子拿在了手里。博尼法斯大夫也立即赶到，整个过程就发生在这几个小时里，却是漫长的几个小时，博尼法斯大夫直到深夜才离开。两天后，妈妈觉得她已经好了，要佩帕给阿莱杭德罗写封信。佩帕没弄清情况，像往常一样拿着记事本和铅笔过来，妈妈却闭上眼睛，摇了摇头。

"你写就行了。告诉他好好照顾自己。"

佩帕照办了，虽然她也并不明白自己为什么要一句接一句地往下写，明知道妈妈并不会看。这天晚上，她对卡洛斯说，当她在妈妈床边写信的时候，她有百分百的把握，这封信妈妈既不会看也不会在上面签名。妈妈始终闭着眼睛，直到该喝汤药的时候才睁开，好像她已经把这事儿忘了，好像她在想别的事情。

阿莱杭德罗回信的口吻再正常不过了，他解释道，本来是不想把骨折的事情告诉她的，怕她担心。一开始医生弄错了，石膏已经打上了，后来又得重新换过，可他现在已经好多了，再过几个星期他就可以下地走路。总共得要两个月时间吧，不过糟糕的是，他的工作在最紧要的时刻被落下一大截，这样一来……

卡洛斯大声朗读着，他感觉妈妈并没有像以前那样仔细听。她不时看看钟，这是她不耐烦的标志。七点钟罗莎就应该把汤和博尼法斯大夫开的药端来的，可这会儿已经七点五分了。

"好了，"卡洛斯边说边把信叠起来，"你看见了，什么事儿都没有，这家伙没什么大问题。"

"那当然了，"妈妈说，"喂，你去告诉罗莎，让她快一点儿行不行。"

妈妈仔细听玛利亚·劳拉讲了阿莱杭德罗骨折的情形，还对她说让他多揉揉，说她父亲有一次在马坦萨斯从马上摔下来，多揉一揉可管用了。紧接着，仿佛还在说同一句话，妈妈又问能不能给她滴儿滴柑橘花精油，清神醒脑是最管用的。

第一个说出口的是玛利亚·劳拉，就在这天下午。临走前，在客厅里，她把她的想法告诉了罗莎，罗莎看着她，好像无法相信自己的耳朵。

"别这样，"罗莎说道，"你怎么能那样想？"

"这不是我的想象，这是事实，"玛利亚·劳拉说，"我不会再来了，罗莎，你们让我干什么都可以，可我不会再踏进那个房间了。"

从心底里，谁也没有觉得玛利亚·劳拉的奇想过分荒谬。但还是柯莱丽雅姨妈把大家的感受归结为一句话：在像他们这样的家庭里，责任就是责任。罗莎被派去诺瓦里家，可玛利亚·劳拉哭得昏天黑地，没办法，只能尊重她的决定；佩帕和罗莎从这天下午起就开始渲染舆论，说这可怜的姑娘学习任务太重，她太累了。妈妈什么都没说，星期四再次到来时，她也没问起玛利亚·劳拉。到那个星期四，阿莱杭德罗去巴西有整整十个月了。公司对他的工作太满意了，几个星期之后，又向他提出续签一年合同，条件是他立刻出发到贝伦去建另一座工厂。罗克舅舅认为这太棒了，对于一个年纪轻轻的小伙子来说，这可是极大的成就。

"阿莱杭德罗打小就最聪明，"妈妈说，"就像卡洛斯做事最能坚持一样。"

"你说得没错，"罗克舅舅说道，一面在心中疑惑，玛利亚·劳拉怎么会冒出那种念头，"说真的，姐姐，你的孩子们个个都没得说。"

"这话不假，我是没什么可抱怨的。要是他们的父亲能看见他们长这么大该开心坏了。女孩们个个都是好姑娘，还有可怜的卡洛斯，一看就是我们家出来的好小伙。"

"还有阿莱杭德罗，他有远大前程。"

"哦，对。"妈妈应道。

"看看他们给他的这份新合同……这么着吧，等精神头好一点儿，你给你儿子写封信；他这会儿准是心惊胆战的，想着续签合同这事儿会让你不太高兴。"

"哦，对。"妈妈又重复了一遍，眼睛看着天花板，"告诉佩帕给他写封信，她知道的。"

佩帕写了信，可心里没多大把握该给阿莱杭德罗说些什么，然而有一点她确信无疑，那就是最好写出一份完整的文本，免得回信会自相矛盾。而阿莱杭德罗那边，妈妈肯理解他自然非常高兴，面前这个机会是尤为难得的。脚踝恢复得非常好，一旦彻底痊愈，他一定会请假回来和他们待上半个月。妈妈轻轻点了点头，然后就问《理性报》到了没有，她想让卡洛斯给她念几条电讯。家里的大小事情没费多大劲就安排得有条不紊，现在看起来不会再有什么意外，妈妈的健康状况稳定了下来。儿女们轮流陪伴，罗克舅舅和柯莱丽雅姨妈随时进进出出。晚上卡洛斯给妈妈念报纸，上午是佩帕念。罗莎和柯莱丽雅姨妈负责给她喂药洗澡，罗克舅舅在她房间里一天喝上两三次马黛茶。妈妈从未落单，也从未问起玛利亚·劳拉。每三个星期她会收到阿莱杭德罗的消息，但不做任何评论，她对佩帕说写封回信，然后就说起别的事情，总是一如既往地聪明、亲切，却拒人于千里之外。

就在这段时间，罗克舅舅开始给她读同巴西关系紧张的消息。最初他还把这些消息写在报纸边缘的空白处，可妈妈根本就不管他念得好不好，几天之后，罗克舅舅也就习惯了现编现造。起初，他在念那些令人不安的电讯时还会稍加评论，说这可能会给阿莱杭德罗和其他在巴西的阿根廷人带来些麻烦，但是妈妈好像对这些事没多大兴趣，他也就不再评论了，但每过几天形势会被描述得更严峻一些。阿莱杭德罗在信里还谈到有断交的可能，不过他带着年轻人惯有的乐观，坚信外交官们会解决这些争端。

妈妈不置一词，也许是因为离阿莱杭德罗请假的日子还早吧，但一天晚上，她突然向博尼法斯大夫发问，和巴西之间的局势是不是像报纸上说的那么严重。

"和巴西？哦，是的，是有点儿不大妙，"医生说，"但愿那些政治家有解决问题的智慧吧……"

妈妈看了看他，这样毫不迟疑地作答好像让她有点吃惊。她轻轻叹了口气，换了话题。这天晚上她比以往精神要好些，博尼法斯大夫满足地离开了。第二天，柯莱丽雅姨妈病倒了；虽说昏厥看上去只是一时的事，可博尼法斯大夫跟罗克舅舅谈了谈，建议他们还是找一家疗养院，让柯莱丽雅姨妈去住院。妈妈此时正在听卡洛斯给她念晚报上有关巴西的新闻，大家告诉她柯莱丽雅姨妈犯了偏头痛，不能下床。他们有整整一个晚上的时间来考虑这个问题，可罗克舅舅在和博尼法斯大夫谈完话之后就灰心丧气，只有靠卡洛斯和几个女孩拿主意了。罗莎想到了玛诺丽塔·巴耶的农庄，那儿空气好；在柯莱丽雅姨妈犯偏头痛的第二天，卡洛斯把谈话掌握得尤为巧妙，最后竟好像成了妈妈自己提出建议，让柯莱丽雅姨妈到玛诺丽塔的农庄去住些日子，那样会有益她的健康。卡洛斯的一个同事主动开车把柯莱丽雅姨妈送去，对偏头痛病人来说，坐火车去会太疲惫。是柯莱丽雅姨妈首先提出要去跟妈妈道个别，卡洛斯和罗克舅舅搀着她慢腾腾地过去，妈妈叮咛她坐现在这种汽车要注意别受凉，提醒她记得每天晚上吃点儿水果，有助于通便。

"柯莱丽雅面色潮红，"下午，妈妈对佩帕这样说，"我看不是什么好事儿，你说呢？"

"哦，在农庄里住上些日子，她就会好的。这几个月她有点累；我想起来了，玛诺丽塔有一回对她说过，让她到农庄一起住几天。"

"有这事儿吗？好奇怪呀，她从来没跟我说过。"

"我猜她是不想让你烦心。"

"好女儿，那她要在那儿住多长时间呢？"

佩帕不知道，但她可以回头去问问博尼法斯大夫，是他建议换个环境透透气的。过了好几天，妈妈才又旧话重提（这时柯莱丽雅姨妈在疗养院又昏厥过去了，罗莎和罗克舅舅轮流陪护）。

"我在想，柯莱丽雅什么时候回来呀。"妈妈说道。

"别呀，人家好不容易离开你，出去透透气……"

"是呀，可你们不是说，她这病没什么事吗。"

"当然没什么事。她现在留在那里就是因为高兴，也可能是想陪陪玛诺丽塔；你知道她们有多要好。"

"给农庄打个电话，问问她什么时候回来。"妈妈吩咐道。

罗莎给农庄打了电话，那边的人告诉她，柯莱丽雅姨妈好一些了，只是觉得身子还有点儿虚，所以想多待几天。奥拉瓦利亚那边天气棒极了。

"这话我不爱听，"妈妈说，"柯莱丽雅早该回家了。"

"妈妈，劳驾你不要这么操心好不好。你为什么不把自己的身体调理好一点，跟柯莱丽雅和玛诺丽塔一起到农庄去晒晒太阳呢？"

"我？"妈妈看着卡洛斯，那眼神像是惊奇，又像是反感，还有点儿像受了侮辱。卡洛斯笑起来，以掩饰自己的情绪（佩帕刚打过电话，柯莱丽雅姨妈病情危急），他吻了吻她的面颊，就像吻一个调皮的小姑娘。

"傻妈妈。"他说，尽量让自己什么都别想。

这天夜里妈妈睡得很不踏实，天刚亮就问起柯莱丽雅怎么样了，好像这么一大早就能得到农庄的消息似的（柯莱丽雅姨妈刚刚去世了，他们决定在殡仪馆为她守灵）。八点钟，他们从客厅里给农庄打了个电话，为的是让妈妈能听见对话，电话里说谢天谢地柯莱丽雅姨妈这一夜过得不错，但玛诺丽塔的医生还是建议她趁天气不错在那边多住些日子。卡洛斯因为公司盘点结算而不用去上班，非常开心地穿着睡衣来到妈妈床前，边喝马黛茶，边陪她聊天。

"你看看，"妈妈说，"我觉得应该给阿莱杭德罗写封信，让他回来看看他姨妈。柯莱丽雅一向最疼他，他应该回来一趟。"

"但柯莱丽雅姨妈又没什么大事儿，妈妈。阿莱杭德罗都没回来看过你，你想想……"

"回不回来是他的事，"妈妈说，"你就写信告诉他，柯莱丽雅病了，他应该回来看看她。"

　　"你要我们跟你说多少次呀？柯莱丽雅姨妈又不是生了什么重病。"

　　"不是重病最好。可给他写封信又不费你什么事儿。"

　　这天下午他们写了信，而且念给妈妈听了。在等阿莱杭德罗回信的日子里（柯莱丽雅姨妈身体还不错，可玛诺丽塔的医生还是坚持让她多呼吸呼吸农庄的新鲜空气），和巴西之间的外交局势愈发紧张了，卡洛斯告诉妈妈，阿莱杭德罗的信耽搁些日子也不足为奇。

　　"像是故意的，"妈妈说，"看着吧，他也不会回来的。"

　　他们谁都下不了决心去给妈妈念阿莱杭德罗的回信。大家聚在餐厅里，看着柯莱丽雅姨妈坐过的空位子，面面相觑，犹豫不决。

　　"这很荒谬，"卡洛斯说道，"既然我们已经习惯了把这出戏演下去，就无所谓多一幕还是少一幕。"

　　"那你把信送进去呀。"佩帕说这话时双眼盈满泪水，她用纸巾擦了擦眼睛。

　　"我也想啊，但总有些不太对劲的感觉。现在我每次进她的房间，总是感觉要被吓一大跳，简直像要掉进一个陷阱。"

"全怪玛利亚·劳拉，"罗莎说，"是她把这想法灌进我们脑子里的，我们才没法再表现得那么自然。再加上柯莱丽雅姨妈……"

"嗯，既然你们提起这个，我倒有个想法，最好同玛利亚·劳拉谈谈，"罗克舅舅说了话，"最合情合理的就是她考完试了，过来一趟，给你妈妈说阿莱杭德罗还是无法成行。"

"可是，虽说阿莱杭德罗每封信里都提到玛利亚·劳拉，妈妈却再没有打听过她的事情，你不觉得浑身的血液都快结冰了吗？"

"这和我血液的温度没什么关系，"罗克舅舅说道，"做还是不做，就一句话。"

罗莎花了整整两个钟头才说服了玛利亚·劳拉，她们是最好的朋友，玛利亚·劳拉很爱他们一家，甚至也爱妈妈，虽然有点害怕她。他们必须新写一封信，玛利亚·劳拉把信连同一束鲜花和妈妈爱吃的橘子糖一起带了过来。是的，谢天谢地，最难的几门功课都已经考完了，她可以去圣文森特休息几个星期。

"乡下的空气会对你很有益处的，"妈妈说道，"可对柯莱丽雅就……佩帕，你今天给农庄打电话了吗？哦，对了对了，我想起来了，你给我说过的……好吧，柯莱丽雅走了三个星期了，你瞧……"

玛利亚·劳拉和罗莎干巴巴地议论了几句，茶盘端上来了，玛利亚·劳拉给妈妈念了几段阿莱杭德罗的信，信里说所有的外国技术人员都被临时安顿在酒店里，他觉得太好笑了，住在华丽的酒店里，由政府来埋单，静候外交官们化纠纷于无形。妈妈没有任何反应，喝了一小杯椴树花冲剂，就打起了瞌睡。几个姑娘又在客厅里继续聊了会儿天，心里轻松了许多。玛利亚·劳拉刚准备走，突然想起了电话的问题，便对罗莎说。罗莎记得卡洛斯好像也想到过这一点，然后告诉了罗克舅舅，罗克舅舅只是耸了耸肩。事情到了这个地步，也没有别的办法了，只能做个鬼脸，继续看他的报纸。可罗莎和佩帕还是把这个问题告诉了卡洛斯，卡洛斯说这事儿他没法自圆其说，除非接受那个大家都不想接受的事实。

"等着瞧吧，"卡洛斯说，"说不定哪天她还是会想起来，要咱们把电话机给她拿过去的。到那时候……"

可妈妈一直没有要求把电话拿给她，让她亲自与柯莱丽雅姨妈通电话。每天早晨她都会问有没有农庄的消息，然后就静静地待在那里，静默中，时间仿佛是用一剂又一剂的药方或是一杯接一杯的汤药来衡量的。罗克舅舅带来《理性报》，给她读和巴西交恶的新闻，但她一点也不在意送报的人来得晚了，或者罗克舅舅因为钻研象棋问题而耽搁了时间。慢慢地，罗莎和佩帕觉得，对妈妈来说，读不读报上那些消息，给不给农庄打电话，阿莱杭德罗来不来信，都无所谓了。可他们又没有十足的把握，因为时不时地，妈妈还会抬起头来，用她一贯深邃的目光注视着她们，那目光里没有一丝改变，没有一丝屈服。一切变成了例行公事，对罗莎来说，每天对着电话线另一头的黑洞聊天再简单平常不过了，就好像罗克舅舅可以看着大甩卖广告和足球新闻连绵不绝地读出编造的电讯，或者卡洛斯不时进来讲起他造访奥拉瓦利亚农庄的种种趣闻，还带来几篮水果，是玛诺丽塔和柯莱丽雅姨妈送给他们的。甚至在妈妈最后的几个月里，他们也保留着这种习惯，尽管已经没有多大意义。博尼法斯大夫告诉他们，感谢上天，妈妈不会受多大罪，她的生命会不知不觉地熄灭。可妈妈直到最后一刻都很清醒，孩子们围在她身旁，已经无法掩饰他们的情绪。

"你们大家对我太好了，"妈妈说话时带着柔情，"你们费了那么多心思，一直不让我难过。"

罗克舅舅坐在她身旁，快快乐乐地抚摸着她的手，说她在犯傻。佩帕和罗莎假装在橱柜里找什么东西，她们明白玛利亚·劳拉说得对；她们明白了大家在某种程度上一直都知道的事实。

"一直照顾我……"妈妈说道，佩帕紧紧抓住罗莎的手，因为这句话让一切都恢复了原状，这漫长而必要的喜剧全盘复原。可卡洛斯站在床前，看着妈妈，仿佛知道她还有什么话没说完。

"现在你们可以好好休息了，"妈妈说，"我们不会让你们再这么辛苦了。"

罗克舅舅想辩白两句，可卡洛斯走到他身边，用力捏了一下他的肩膀。妈妈一点一点陷入了昏睡，最好别去打扰她。

葬礼后的第三天，阿莱杭德罗的最后一封信到了，信里一如既往地问起妈妈和柯莱丽雅姨妈的身体状况。是罗莎拿到的信，她把信拆开，不假思索地读了起来，泪水突然涌出，模糊了她的视线，她抬起双眼，意识到自己在读信时，心里想的是怎么告诉阿莱杭德罗妈妈去世的消息。

会合

我想起了杰克·伦敦的一个老故事，

故事里的主人公倚在一棵树干上，

准备有尊严地结束自己的生命。

埃内斯托·切·格瓦拉

《高山与平原》，哈瓦那，1961 年

　　事情糟得不能再糟了，可至少我们已经离开了那条可恶的小舢板，在那里，除了呕吐就是海水的拍击，再就是几块泡湿了的饼干，机关枪淌着黏液，让人恶心，能自我安慰的是尚有一点还算干燥的香烟，那是因为路易斯（其实他并不叫路易斯，但我们大家都发过誓把自己的名字忘掉，直到那一天来临）灵机一动，把这玩意儿收进了一只罐头盒。每次打开它的时候，我们都分外小心，好像里面装了满满一罐蝎子。可在这样一条该死的小舢板上，即使抽支烟或是喝上一口朗姆酒也全都没用，五天五夜了，它就这样摇晃着，活像只醉酒的乌龟，经受着北风毫不留情的抽打，随着翻滚的海浪起伏，我们不停地用桶舀水，手都磨破了，我那要命的哮喘犯了，一半的人都病着，弯腰吐个不停，好像身体要拦腰断成两截一样。第二天夜里，连路易斯也吐出来绿胆汁，笑不出来了，向北我们看不见克鲁兹角的灯塔，谁也没有料到会身陷这么糟糕的局面；如果这也能叫作一次登陆远征，简直会让人伤心透顶，愈发呕吐个没完。因此，只要能离开舢板就好，不管有什么正在岸上等着我们（可我们本来就知道会有什么，因此也无所谓），天气在最不应该的时候变好了，甚至还有让你束手无策的侦察机从头顶掠过，前面是沼泽也好，是其他什么也罢，只能蹚过那齐胸口深的水，寻找一个个脏兮兮的草墩、一个个树丛做掩护，而我就像傻瓜一样带着自己的肾上腺素喷雾剂奋力前进，罗贝托帮我扛着斯普林菲尔德步枪，我才得以在沼泽中涉水前行（前提是这确实是一个沼泽，因为我们中好多人都觉得是不是走错了方向，也许我们并不是抵达了陆地，而是莽莽撞撞地登上了大海里一处烂泥暗礁，离那座岛还有二十海里……）；如此种种，想一想便揪心，说出口更让人消沉，糊涂的计划，毫无希望的行动，心里面半是无从解释的欢欣，半是对眼下这遭遇的怒火，头顶的飞机让我们不得不小心隐匿，公路那边还有埋伏在等着我们，前提是我们真的能到达公路，前提是我们也确实是在岸边的一个沼泽，而不是在某个烂泥马戏场里兜圈子，变成一场彻头彻尾的失败，沦为那只狒狒坐在他的宫殿里取笑的谈资。

谁也记不清过去了多长时间，我们靠乱草丛中一块块的空地计算时间，在这些地方，我们随时可能遭到机枪扫射，我听见左边传来一声惨叫，很远，我觉得那是罗克（他的名字我倒是可以说出来，因为他已经成了杂草枯藤和蛤蟆中的一具白骨）。我们的全部计划现在只剩下最终目标，那就是进到山里，和路易斯会合，如果他也能够到达那里的话；计划的其余内容都在沼泽里随着北风、随着雨水、随着这次匆忙的登陆泡了汤。但也不该失之偏颇，某些事情仍按计划执行着：敌人的飞机来袭击我们了。这是我们事先就料到的，也是我们招惹出来的事，它倒是没有爽约。因此，虽说罗克那一声惨叫仍然使我难受，我惯有的不惮以恶意理解世界的方式还是让我笑了起来（我呛得更厉害了，罗贝托帮我扛着斯普林菲尔德步枪，我才得以把鼻子勉强探出水面吸几口雾化的肾上腺素，虽然实际上吸进去的更多是烂泥浆），因为既然飞机来了，就说明我们没有上错岸，至多错出了几海里的距离，但穿过这片杂草地，再前方就会是公路，然后是一片开阔地，再往北就是临海的山区。说来也好笑，是敌人的飞机让我们确认了登陆地的可靠。

不晓得过了有多长时间，天黑了，我们六个人躲在几棵瘦弱的树下，嘴里嚼着湿漉漉的烟叶和可怜的几块饼干，这是我们第一次踏上了几近干燥的地面。路易斯、巴勃罗和卢卡斯一点消息都没有；失散了，可能已经死了，无论是哪一种情况，他们也一定如我们这般，狼狈不堪，浑身湿透。可让我高兴的是，在经历了这一天两栖动物的征程之后，我的思路逐渐清晰起来，死亡从未如此真实，但它不会在我身陷沼泽时随着一颗流弹降临，而会是旱地上由各方精心组织、像模像样的战斗中的一次精准操作。敌军肯定控制着公路，把沼泽地团团包围，等待着我们被烂泥、虫蚁和饥饿折磨得筋疲力尽，三个一群两个一组地露面。形势一目了然，一切都在意料之中，我自己也觉得好笑，在这结局即将揭晓的时刻，我居然还能这样生机勃勃，头脑清醒。我在罗贝托的耳边念了几句老班丘的诗，他恨透了这个，他勃然大怒的模样再好玩不过了。"至少得让我们把身上的泥巴弄掉吧。"中尉牢骚道。"或者是能真正地抽上一口烟。"（说这话的是更左边的一位，不知道是谁，天亮的时候，他和我们失散了。）一切都是垂死挣扎：放哨，轮流睡觉，嚼一口烟叶，再吃上一点儿泡得像海绵一样的饼干，谁都没提路易斯，归根结底，我们唯一真正担心的是他已经死了，倘若果真如此，那可比被敌人追赶、比缺乏武器装备、比脚上的伤口还要令人丧气。在罗贝托站岗的时候我知道自己睡着了一小会儿，可睡着之前我一直在想，现在让我们突然接受路易斯被打死的可能，那这几天所做的一切就都太鲁莽了。无论如何，这鲁莽还要继续，结局也可能是胜利，在这场荒唐的游戏里，我们甚至事先知会了敌人我们要登陆，却从未考虑过会失去路易斯。我觉得自己还在想，要是我们真的胜利了，要是我们能再一次和路易斯会合，这场游戏才算真正开始，我们如此狂放、危险却又不得不为的浪漫主义行动才算有所弥补。睡着之前我眼前还出现了一幕幻觉：路易斯站在一棵树旁，我们大家围在他的身边，他慢慢将手放到脸上，把脸揭了下来，仿佛那是张面具。他就这样捧着自己的脸走到他的兄弟巴勃罗、我、中尉还有罗克身旁，做了个手势让我们接过这张脸，戴上它。可是大家一个接一个地拒绝了，我也拒绝了，我微笑着，笑着笑着就流了泪，于是路易斯重又把脸戴了回去，他耸了耸肩，从衬衣口袋里掏出一支香烟，我能看出他身上那种极度的疲惫。从专业角度来说，人在半睡半醒又发着烧的状态下，出现这样的幻觉不足为奇。可如果路易斯真的在登陆中被杀，谁来戴着他的这张脸上山呢？我们都会努力到山上去，可谁也不会戴着路易斯的脸上山，没有谁能够也没有谁愿意戴上他的这张脸。"亚历山大死后那些争夺王位的权贵啊，"我迷迷糊糊地想，"可权贵们都见鬼去了，人人都知道。"

虽说我叙述的这些事情已经过去一些时日了，但某些片段和时刻依然深深印在我的脑海中，我只能用现在时态讲述它们，仿佛我又一次仰面朝天躺在那堆乱草之上，身边还是那棵树，它保护着我们不至于暴露无遗。已经是第三个晚上了，天快亮的时候，尽管吉普车往来不息，子弹嗖嗖乱飞，我们还是穿过了公路。现在得等到下一次天亮，因为向导被打死了，我们都迷了路，得找到一个老乡，带我们去买点儿吃的，而说到"买"这个字，我差点笑出来，结果又把自己呛住了，可在这一类事情上，谁也不会违背路易斯的话，买食物一定要付钱，而且买之前一定要对人讲清楚我们是什么人、为什么来到这里做这样的事。在山坡上一间废弃的茅屋里，我们找到了一点吃食，那真是天上美味，堪比丽兹酒店的佳肴（如果在丽兹酒店里真的能吃上好味道的话），罗贝托把五个比索压在一只盘子下面，真想让你们看看他那苦着脸的表情。我烧得厉害，哮喘倒是好了一些，这也是祸福相依了，可当我再一次想起罗贝托在空荡荡的茅屋里放下五个比索时的那张脸，就忍不住大笑起来，一直笑到上气不接下气，暗骂自己傻气。该睡觉了，丁第放哨，小伙子们挤在一起休息，我则稍稍离远了一点，我发觉我的咳嗽和胸腔里发出来的哨鸣声会打扰大家，另外，我还做了一件不该做的事，那就是夜里有两三次，我用树叶搭起一道屏障，把脸伸到下面，慢慢地点燃一根烟，稍稍享受一下生活。

末了，那一天唯一的好消息就是没有路易斯的消息，其余都是灾难，我们八十个人里面至少牺牲了五六十人；哈维尔是最早一批倒下的，秘鲁佬被打瞎了一只眼睛，他挣扎了三个小时，而我什么都没能为他做，甚至没法在大家都背过脸去时给他补上一枪。整整一天我们都提心吊胆，生怕哪个联络员（总共有三个，他们冒着极大的危险，就在敌军的鼻子底下活动）给我们带来路易斯阵亡的消息。没有消息终究也是好的，想象他还活着，我们还能继续心怀期待。我冷酷地掂量了一番各种可能性，结论是他一定是被打死了，我们大家都了解他的为人，这该死的家伙能拿着一把手枪就跳出掩体，后面的人就得赶紧跟上。不会的，洛佩兹准会把他照顾好的，要说谁能在某些时刻像哄小孩子那样哄住他，跟他说不能这样由着性子，要换个不同的办法去做，也只有洛佩兹了。可是，如果洛佩兹……这样忧心没有什么益处，都是毫无依据的猜想，另外，这样的寂静很奇特，这样仰面朝天地躺着，就好像一切都很顺利，一切都按计划有条不紊地进行着（我差一点想说"完成了"，但那也太傻了）。也许是发烧或是疲惫的缘故吧，也有可能太阳出来之前他们就会像清理蛤蟆一样将我们赶尽杀绝。可眼下应当充分享受这一点可笑的喘息时间，让自己欣赏眼前的景象，夜空澄澈，星光点点，树枝在这背景之上不经意地形成美妙的图案，我用迷蒙的目光追随着，看那些枝叶忽而交叠，忽而分散，一阵炽热的风从沼泽那边吹过树冠，它们随之缓缓改变了模样。我想起了我的儿子，可他离我很远很远，在几千公里之外，那个国度里人们还可以睡在床上，他的身形仿若幻影，渐渐收拢、淡化，然后消失在树叶之间，我又想起曾与自己朝夕相伴的莫扎特的乐曲，《狩猎》四重奏的第一乐章，在小提琴柔和的旋律之中现出猎杀的号角，还有那变调，从野蛮的仪式转换成明快恬美的内省。我想象着，重复着，在记忆中默默地吟唱着它，同时感觉这旋律与天穹下的树冠图案互相映照，互相亲近，一次次地互相探索，最后这图案突然变成了有形的旋律，从一根低低的、几乎挨着我头顶的树枝上生出了一种节奏，它不断上扬，随后分叉形成扇形的枝条，其中那根稍稍细一点的树枝恰似第二小提琴在此刻响起，这枝条化入右边婆娑的树影，形成一个音符，收束这个乐句，引导目光沿树干下行，只要愿意，这乐曲便可往复循环。这也正是我们的起义，是我们眼下正在做的，虽然莫扎特和这棵树不会知晓，我们同样在用我们的方式努力，试图将一场笨拙的战争化入秩序，赋予它价值，使它有理有义，并且最终将把它引向胜利，就像是喧闹多年的狩猎号角声终于回归为动听的旋律，又像是慢板乐章之后以快板收尾，迎向光明。倘若路易斯知道会觉得有趣的，此时此刻我正把他与莫扎特相提并论，因为他一点一点地理清我们这次愚蠢的行动，把它拔升到首要原则的高度，用信念和激情碾压一切短暂的谨慎的理智。然而，去做一个以人类为音符谱曲的音乐家，是多么苦痛、多么令人绝望啊，要超越这片烂泥地，超越枪林弹雨，谱写我们本以为不可能的乐曲，这乐曲将与树冠相近相亲，与大地相近相亲，这片大地终将归还给她的儿女。是的，我发烧了。路易斯会怎样大笑起来啊，虽然他也喜欢莫扎特，我很肯定。

　　就这样，最后我会睡着，但睡着之前我要问自己，未来某天我们能否从仍然响彻着的猎人呐喊声的乐章过渡到胜利的丰沛的慢板，进而变成我此刻低吟的最后的快板，以及我们能否与我们面前仍然存在的一切握手言和呢？我们应该像路易斯一样，不是追随他，而是就和他一样，把种种痛恨和复仇的念头都抛在脑后，像路易斯那样带着宽宏大量的胸怀去看待我们的敌人，这宽宏在我脑海里的化身（可这个细节我无法对人言说）是全能的主是耶稣，那个当过被告也当过证人却从不审判的法官，他所做的仅仅是把陆地从一片汪洋中分离出来，以期在某个更洁净的时代来临之际，在某个地动山摇的清晨，让这片土地最终诞生出人的祖国。

然而这不是慢板，从早晨洒下第一缕阳光开始，敌人就从四面八方向我们袭来，我们不得不放弃原计划，不再向东北方向前行，而是进入一处陌生的区域，消耗掉我们最后的弹药。中尉带着一位同伴在山冈上断后，暂时牵制住敌人进攻的步伐，为罗贝托和我争取时间转移走大腿受伤的丁第，找一个更隐蔽的制高点坚持到天黑。敌人虽说有照明弹和各种电气设备，却从不在夜里发动进攻，他们觉得即便是人数和火力优势也无法提供足够的保护，抵消在黑夜中的不安全感；然而现在离天黑还有几乎整整一个白天，我们只剩下五个人，对面是一群凶猛的年轻人，他们为了讨好那只狒狒不断袭扰着我们，更别提上面还有飞机随时俯冲向山间空地，用机枪扫射一棵棵棕榈树。

　　过了半小时，中尉停止射击，和我们会合了，这段时间里我们几乎没能前进多少距离。谁也没有想过抛下丁第，因为我们太清楚俘虏会面临什么样的命运了，我们只想着，就在这面山坡上、就在这片灌木丛里，我们会打光最后一颗子弹。好笑的是，那帮军人却在空军的误导下，回过头去进攻东边一座远远的山头，我们趁机顺着一条地狱般的小路向山上爬去，两个小时后登上一座光秃秃的山头。一位同伴发现了一处山洞，洞口被荒草遮得严严实实，我们喘息着钻进去，并且计划好了一条直指北方的撤退道路，那是一条穿山越岭的险路，可它通向北方，通向山区，说不定路易斯已经到了那里。

我帮已经昏迷的丁第处理伤口的时候，中尉对我说，一大早，就在军队发起进攻前不久，他听见从西面传来一阵自动步枪和手枪的声音。可能是巴勃罗的人，也说不定就是路易斯。完全有理由相信我们幸存的人被分割成了三组，也许巴勃罗就在离我们不远的地方。中尉问我要不要等天黑以后试着和他们联络一下。

"你这么问我，肯定是因为你想去一趟。"我对他说。我们已经把丁第安顿在山洞里最凉快的地方，在他身下铺了一堆干草，大家抽着烟休息。另外两个同伴在外面放哨。

"你懂的，"中尉兴致勃勃地看着我，"小伙子，能这样出去溜达一趟我最开心了。"

我们就这样闲聊了一会儿，不时和丁第开开玩笑，他已经开始说胡话了，就在中尉准备出发的时候，罗贝托带着一位山里人走进山洞，还带来了半只烤羊羔。我们简直不敢相信自己的眼睛，大家狼吞虎咽，就连丁第嘴里都嚼了一小块，直到两小时后那块肉和他的呼吸一起离开了他的嘴。山里人给我们带来了路易斯的死讯；我们并没有因此停下吃喝，虽然这消息给肉加上了太重的调料；他并没有亲眼看见路易斯的死亡，而是听他大儿子说的，他的大儿子也扛了支老猎枪参加了我们的队伍，他们那一组人帮助路易斯和五个伙伴冒着枪林弹雨涉水渡过了一条河流，他笃定地说，路易斯刚一上岸，还没来得及钻进最近的树丛就受了伤。山民们凭借着对地形的熟悉上了山，和他们一起的还有路易斯小组的两个人，带着多余的武器和一点儿弹药，当夜就能到达这里。

中尉又点燃一支烟，出去安排宿营的事，顺便认识一下新来的伙伴；我留在丁第身旁，他的生命在缓缓流逝，几乎没什么痛苦。这就是说，路易斯死了，羊羔肉好吃极了，这天晚上我们会增加到九至十人，而且有了能继续战斗的弹药。这是什么样的消息呀！像是某种冰冷的疯狂，一方面给现在的我们送来了人员和食物，可另一方面又把我们的前景毁灭殆尽，一则消息和一只烤羊羔的味道宣告了我们这次行动的根本理由已不复存在。洞中黑黢黢的，我尽量让我的烟燃得久一些，只觉得此刻无法允许自己接受路易斯死亡的现实，我只能把它当作我们作战计划中的一条，因为要是巴勃罗也死了，按照路易斯的意思，我就要领头，这事儿中尉和所有的同伴都知道，我只能接过指挥权，带大家进到山区，仿佛什么事都没发生过一样继续战斗。我感觉自己闭上了双眼，记忆中的幻觉再一次浮现，有那么一瞬间，我觉得路易斯摘下了自己的脸，递给我，我用双手护住自己的脸，说："不，不，别这样，路易斯。"当我重新睁开眼的时候，中尉已经回来了，正查看着丁第的情况，丁第呼吸得越发急促了。中尉说，又从山上来了两个小伙子加入我们，好消息一个接一个，弹药，油炸甘薯，一只小药箱，政府军在东边的山里迷了路，离这里五十米远有一眼清澈的山泉。但他没有看我的眼睛，他嘴里叼着香烟，好像是在等我开口说点什么，等我首先提起路易斯。

接下来的事情像一个模模糊糊的空洞，血液渐渐离开了丁第，丁第渐渐离开了我们，山民们自告奋勇去埋葬他。尽管山洞里到处是呕吐的秽物和冷汗的气味，我还是留在里面想休息一会儿，奇怪的是，我突然想起了过去最要好的一个朋友，那时我还没有中断我的人生轨迹，突然远离我的国家，不远万里，来到路易斯这里，来到这个岛上登陆，来到这个山洞之中。我算了算时差，想象着就在此刻，星期三，他也许快要到他的医院了，也许正把他的帽子挂到衣架上，翻一翻收到的信件。这并不是我的幻觉，我想，这些年来我们在城里住得那么近，经常在一起谈政治，谈女人，谈我们读的书，每天在医院里见面；他每一个表情我都是那么熟悉，那些表情已经不再只属于他，而是包含了那段岁月里我的整个世界，包括我自己，我的女人，我的父亲，我的报纸和报纸上那些夸大其词的社论，我中午和值班医生一起喝的咖啡，我读的书，我看的电影，还有我的理想。我问自己，我的朋友对这一切，对路易斯，对我，都会怎么看待，我仿佛在他的脸上看到了答案（可这一定是发烧的缘故，该吃些奎宁），一张自鸣得意的脸，上面写着舒适的生活，优选的出版物，一把得心应手、声誉良好的手术刀。甚至不用他开口我就知道他要对我说，你这场革命只不过是……没有必要，就是这样，这些人不可能接受一场革命，因为这会使他们种种行为的真实意图都大白于天下，比如他们会按时定点地发些不费吹灰之力的善心，中规中矩地分摊善款，和同类人在一起的时候可以显得天真无邪，在沙龙里大谈反种族主义，可是伙计，这姑娘怎么竟然要嫁给一个白黑混血儿呀，他们信天主教，每年拿股息，在旗帜飘扬的广场上参加各种周年庆典，他们木薯一般索然无味的文学，限量本和纯银装饰的马黛茶具构成的民间文化，卑躬屈膝地参加外交会议，或早或晚迎来无可避免的死亡（奎宁，奎宁，我的哮喘又发作了）。可怜的朋友，我想想就替他难受，他像傻瓜一样维护着那些注定会随他而去、再好些也会随他的子女而去的虚假的价值；他自己拥有的只不过是一家医院和一座颇为讲究的房子，却维护着封建权力之下的产权和毫无限度的财富；他太太的那种资产阶级的天主教迫使他到情人们身上去寻找安慰，他却不遗余力地维护着教会的原则；警察在到处关闭大学、审查出版物的时候，他却仍维护着某种所谓的个人自由；维护这一切，不过是出于恐惧，他对革命心存畏惧，他怀疑，他不信任，因为在他生活的那个可怜迷惘的国度里，这些就是全部的神圣。我正想着，突然中尉一路小跑进了山洞，大喊着路易斯还活着，说刚刚和北边联系上了，路易斯活得好好的，他带了五十个山民上了山，他们先前在一片洼地里偷袭了一个营的政府军，弄到了不少武器。我们像傻子一样互相拥抱，说了一大堆后来好长时间里都让我们一想起来就脸红的话，因为只有这个，再加上吃烤羊羔肉、向前进，才是唯一有意义的事，唯一重要而且越发重要的事，在那一刻，我们都不敢直视对方的眼睛，我们用同一根木柴点燃各自的烟，然后擦干被烟熏出来的眼泪，大家都知道，烟当然是有催泪功能的。

之后的事情就没什么可讲的了，天亮以后，一位山民带中尉和罗贝托去到巴勃罗和他的三个同伴那里，中尉托着巴勃罗的手臂把他抱起来，因为他的两只脚已经在沼泽里泡得伤痕累累。我们总共有二十个人了，我到现在还记得，巴勃罗一把拥住了我，嘴上还叼着烟就对我说："只要路易斯活着，我们就有希望。"我给他那双脚打上漂亮的绷带，小伙子们和他开起了玩笑，因为他就像是穿了一双洁白的新鞋，说像他这样不合时宜地显摆，他哥哥会骂他的。"那就让他骂好了，"巴勃罗猛抽了几口烟，也开起了玩笑，"想要骂人，就得活着才行啊，伙计，他活着，活得好好的，比鳄鱼还精神，从现在起，我们就要走上坡路了，瞧瞧，你这不是给我打上绷带了吗，真够奢侈的……"但是好景不长，太阳一出山，子弹便从四面八方向我们打来，我的耳朵中了一枪，如果稍稍准上两厘米，儿子（也许你现在正读着这些文字），你也就不会知道你老爸经历的这一切了。在鲜血、疼痛和恐惧之中，眼前的一切都仿佛蒙上了立体镜，每一个形象都轮廓分明，凹凸起伏，色彩变幻不定，这一定是我的求生欲所致，此外我并无大碍，用手帕包扎住，便又继续往山上攀去；但有两个山民倒在了后面，倒下的还有巴勃罗的副手，他的脸被一颗点四五子弹打成了漏斗。在这个时刻，有一些蠢事是永世不会忘却的；有一个胖子，我记得也是巴勃罗那个小组的，在打得最激烈的时候，想在一棵树后藏起来。他侧着身子，跪在树干后面，我只记得他开始大喊大叫说要投降，回答他的是两梭子汤普森冲锋枪的子弹，还有中尉那压倒枪声的怒吼："这儿没人投降，狗东西！"到后来，山民中最小、平日里一直一言不发、很腼腆的那位，告诉我离这里一百米远有一条曲折的小路，从左边一直通向山顶。我大声告诉中尉，率先跑去，后面跟着一群山民，山民们初上火线，发了疯似的开着枪，在这片枪林弹雨之中看着他们的行动简直是种享受，我们一个接一个地来到小路尽头的一棵木棉树下，那个最小的山民爬在最前面，我们紧随其后，哮喘让我举步维艰，血沿着后颈流下来，比一头猪被宰时流的血还要多，可我很肯定，这一天，我们一定能逃出去的，我不知道为什么，但这件事就像数学定理一样明确无疑：这天晚上，我们一定会与路易斯会合。

人永远也不会知道自己是怎么摆脱敌人追赶的，枪声逐渐稀落，我们的耳边响起了那些惯常的叫骂声："胆小鬼，害怕了吧，怎么不过来了？"突然间一切沉寂，树木又变回了原来的模样，生机勃勃，友善而亲切，地面依然崎岖不平，该照料伤员了，水壶里只剩下不多的朗姆酒，大家你一口我一口地传递着，传来了叹息声，夹杂着几丝抱怨，休息一会儿，抽上一口烟，继续前行，向上攀爬，尽管我喘得连肺都快从耳朵里蹦出来了，巴勃罗在一旁对我说："听着，伙计，你把绷带给我打成四十二码的了，可我的脚是四十三码的。"四下里传来了一阵笑声，山头上有个小小的农舍，主人有一点调过味的木薯，水也是清凉的，一贯办事认真的罗贝托掏出四个比索付账，于是，先是那农夫，后来是大家伙儿，全都笑得差点岔了气，昏昏欲睡的中午，大家不得不忍痛放弃休息，就像是一位美丽的姑娘走过，而我们全都眼巴巴地望着她的双腿直到尽头。

　　天黑了下来，山路越来越陡峭难行，可一想到路易斯选了这么个地方等我们，大家便都兴高采烈起来，这是连鹿也没法上去的地方。"到了那儿就会像进了教堂一样，"巴勃罗在我身边说道，"这不是连风琴都有了吗。"说着他面带嘲笑看着我，我几乎喘出了一支帕萨卡利亚舞曲，也只有他才会觉得还挺好笑的。我记不清是几点钟，但我们到达最后一处岗哨的时候，天已经完全黑了，我们陆续过了哨卡，表明身份，也帮山民们做介绍，最后终于到达一块林间空地，路易斯就在那里，靠在一棵树干上，当然还戴着他那顶遮阳帽，嘴里叼着一支烟。我好不容易才让自己落在了后边，让巴勃罗三步两步跑上前去，和他的哥哥紧紧拥抱在了一起，我又等着中尉和其他人都上前拥抱了他，才把小药箱和枪放在地下，两只手插在衣兜里走上前去，打量着他，我知道他会对我说什么，一定是那句一成不变的玩笑话：

"瞧瞧你戴了副什么样的眼镜子呀。"路易斯说了话。

"你不也一样戴着小镜片吗？"我答道。[①]于是我们都笑弯了腰。他的颧骨硌得我脸上的伤口生疼，但我真想让这种疼痛一直持续到生命的尽头。

"这么说你算是来了，切。"路易斯说。

和每次一样，他把"切"这个音发得很难听。

"你以为呢？"我也把音发得很难听。我们又一次傻乎

---

①这两句话里说到眼镜时，路易斯在学"我"的阿根廷口音，而"我"在学路易斯的古巴口音。

乎地笑得直不起腰，旁边的人虽然不明就里，但也都跟着大笑起来。有人带来了水，也带来了消息，我们大家轮番看着路易斯，直到这时我们才发现他真的瘦了一圈，而在他那副操蛋小镜片的后面，一双眼睛还是那样神采奕奕。

山下又响起枪声，可这个营地暂时还是安全的。伤员都得到了治疗，大家就着泉水擦洗了一番，然后睡觉，现在最需要的就是睡上一觉，就连巴勃罗那么想和他哥哥聊聊，也睡着了。可是哮喘就像我的情人，总是让我夜里不得安宁，我正好和路易斯待在一起，我靠在树干上，抽着烟，望着夜空下树叶摇曳生成的图画，不时聊一聊登陆以后各自的遭遇，但我们谈得更多的是未来，等那一天来临、我们手中的枪换成办公室的电话机、从山区下到城里的时候，会发生些什么样的事情。我想起了狩猎的号角，差点儿把那天夜里自己的想象向路易斯一一道来，只为逗他一笑。最后我没有对他讲，可我感觉得到，我们正慢慢进入四重奏的慢板，进入一种暂时的完满，虽然只能持续几个小时，却是实实在在的信念，是我们永生难忘的迹象。还有多少狩猎的号角尚未吹响，我们中间还会有多少人像罗克、像丁第、像秘鲁佬一样抛洒自己的白骨。可只要看一看大树的树冠，你就会感到，纷乱的景象终究会被意志重新整理清晰，那慢板的图案将会出现，在恰当的时机，最终进入到快板的节奏，那时它将化身成为名副其实的真实。一面是路易斯把国际形势、首都和各省发生的事情向我娓娓道来，一面我看见树冠上的枝叶一点一点按照我的愿望交织，那是我的旋律，也是路易斯的旋律，他还在不停地讲着什么，对我的遐想毫无觉察，然后，就在这图案的中心，现出一颗明星，一颗不大但是颜色湛蓝的星星，虽然我对天文学一无所知，甚至无法判断它是恒星还是行星，但我确定无疑，它既不是火星也不是水星，它闪烁在慢板的中心，闪烁在路易斯话语的中心，光亮无比，绝不会让人误把它当作火星或是水星。

科拉小姐

你心爱的人儿我们送他去学堂，

读上一年两年，

也许随着时光流逝，

少年会长成你的新郎。

《高高的树》①

（英国民谣）

　　我不明白他们为什么不让我留在医院里陪着宝贝儿过夜，不管怎么说，我是他的妈妈，而且是德·吕希大夫亲自把我们介绍给院长的。他们本可以搬一张沙发床过来，这样

_____

①原文为英语。

我就可以陪着他，让他慢慢适应下来，可怜的宝贝儿入院的时候脸色苍白，好像马上就要上手术台似的，我觉得这都是医院的那种气味闹的，他父亲也紧张得要命，到了该离开的时候也不知道走，可我还很有把握，以为他们准会让我留下来陪着宝贝儿的。说到底，他刚满十五岁，别人可能看不出他还这么小，虽说他现在穿上了长裤，总想装成大人的模样，可还是一直很亲近我。当他知道他们不让我留下来的时候，该多难受呀，幸好他父亲跟他聊了一会儿，让他穿上睡衣，上了床。都怪那个不懂事的护士，我有些疑惑，到底是医生真的有指示呢，还是纯粹因为她想使坏。这话我也对她讲了，也问过她我是不是真的必须离开，可全都没用。一眼就能看出她是个什么样的人，瞧她那妖里妖气的模样，小围裙兜得那么紧，没教养的小丫头，真把自己当成医院的院长了。倒是有一点我能做到，她不会有好果子吃的，我把自己的想法一五一十都对她讲了，我的宝贝儿臊得无处藏身，他父亲装聋作哑，而且肯定恶习不改，盯住人家的腿看个没完。唯一让我欣慰的是这儿的环境还不错，看得出来，这是一家上等人的医院；宝贝儿有一盏床头灯，非常漂亮，可以看看他喜欢的连环画，幸亏他父亲没忘记给他带些薄荷糖来，那是他的最爱。但有件事可不能忘了，明天上午头一件事就是同德·吕希大夫谈谈，把这个自高自大的丫头弄走。还得看看宝贝儿的毯子盖在身上暖和不暖和，为防万一，我得让他们另外放一条备用。拜托，够了，毯子自然是很暖和的，你们还是赶紧走吧，妈妈把我当成小孩子了，尽让我出洋相。护士肯定会想我连要个东西都不会，妈妈冲她发牢骚的时候她看我的那种眼神……好吧，他们不让她留下来我能有什么办法，我觉得我已经长大了，晚上一个人睡觉没问题。再说了，这张床睡起来挺舒服，这会儿一点儿声音都听不见，有时，远远地会传来电梯的嗡嗡声，我想起了那部恐怖电影，也是在一家医院里，夜半三更，门一点一点被打开，瘫痪在床上的女人眼睁睁地看着一个戴白色面具的男人进了屋……

护士挺和气的，六点半她又来了一趟，手里拿着几张表格，问我的姓名、年龄，诸如此类的问题。我急忙把连环画藏了起来，要是我看的是一本真正的书而不是连环画该多好，我觉得她已经看见了，但她什么也没说，肯定是还在为妈妈之前说的那些话生气，她肯定在想我和妈妈一样，也会对她指手画脚的。她问我阑尾那里疼不疼，我说不疼，今天晚上什么事都没有。她对我说："来，测一下脉搏。"测完脉搏，她又在表格上写了点什么，然后把它挂在了床尾。"你肚子饿不饿？"她又问了一句。我感觉自己的脸一下子红了，她用"你"来称呼我，我吓了一跳，她那么年轻。我跟她说不饿，这不是真话，因为到了这个点儿，我肚子总是饿的。"今天晚饭你要吃少一点儿。"她说，还没等我反应过来，她一把夺走了我那包薄荷糖，转身走了。我不知道自己是不是说了句什么，可能没有吧。我很恼火，她对我就像对待一个小孩子，她完全可以和我讲清楚，不要吃糖果，可就这么一下子把糖夺走了……她一定是被妈妈气疯了，现在拿我来撒气，纯粹是报复；也不知怎的，她离开之后，我的烦恼突然一下子烟消云散，我想继续生她的气，可是做不到。她那么年轻，最多不过十九岁，一定是刚当上护士。说不定一会儿她会给我送晚饭来；我得问问她叫什么名字，如果她就是我的护士的话，我总得知道她叫什么才好称呼她。可来的是另外一位护士，一位和和气气的妇人，穿了条蓝裙子，给我送来了汤和几块饼干，又让我服下几颗绿色的药片。她也问我叫什么名字，这会儿感觉怎么样，又告诉我在这间病房里我肯定能睡好，这是这家医院里最好的病房，她说的是实话，因为我一觉睡到差不多早上八点，直到一个护士把我叫醒，这是位个子小小的护士，脸上皱皱巴巴的，活像只猴子，人也很和气，她告诉我该起来去洗漱了，她先给了我一支体温计，让我像通常在医院里那样插好，我一开始没听懂，因为在家里总是夹在腋下的，她给我解释了一番，就离开了。过了一会儿，妈妈来了，看见他好好的，我真高兴，我一直在担心这可怜的孩子整夜都睡不着觉，这些孩子呀全一个样，待在家里吧事儿特别多，离开妈妈反倒能睡得踏踏实实，只是可怜了当妈的，整夜都不敢合眼。德·吕希大夫来给孩子做检查了，我出去待会儿，孩子毕竟长大了，我倒真想碰见昨天那个护士，好好看看她那张脸，只要我把她从头到脚打量一番，她就该明白怎么才是安分守己，可走廊里一个人都没有。德·吕希大夫从病房里出来，对我说准备明天上午给我的宝贝儿做手术，说他的身体状况不错，是做手术的最佳状态，说在他这个年龄，阑尾手术是小事一桩。我向他表示万分感谢，并说我注意到头一天下午那个护士很是傲慢无礼，我把这事告诉大夫是因为我不想让我儿子得不到应有的照顾。说完我进到病房里，宝贝儿正在看连环画，他已经知道第二天要动手术的事了。可怜的妈妈看我的眼神那么古怪，好像世界末日要来了一样，可我又不是要去死，妈妈，行行好。卡乔也在医院割过阑尾，到第六天他就想踢足球了。你放心，我一切都好，什么都不缺。是的，妈妈，是的，整整十分钟她问个不停，问我这儿疼不疼，那儿疼不疼，幸好家里还有个小妹妹需要她操心，她终于走了，我也总算能把昨天晚上开始看的那本连环画看完了。

昨天下午那位护士叫科拉小姐，这是那个小个子护士给我送午饭的时候我问到的；他们给了我一点点饭菜，然后又是那些绿色的药片，还有就是一点儿滴剂，薄荷味儿的；我觉得这滴剂是催眠用的，因为我手上的连环画滑落下来，我突然就梦见了学校，还梦见我们像去年一样，和师范学校的女生们一起出去野餐，还在水池边跳舞，真快活呀。四点半左右我醒了，开始想手术的事情，这倒不是因为害怕，德·吕希大夫说过，只是个小手术，可被麻醉的滋味一定会怪怪的，然后，等你睡着了他们就把你的肚子打开，卡乔说了，最难受的是醒来以后，疼得要命，想吐，还会发烧。妈妈的小宝贝儿心情没有昨天那么好了，从他的表情看得出来，他还是有点害怕，他太小了，看上去可怜巴巴的。看见我走进病房，他猛地从床上坐起身，把连环画藏在枕头底下。病房里有点冷，我把暖气开大了些，把体温计拿来给他。"你会量体温吗？"我问，他的脸一下子涨得通红。他说会量，就在床上躺了下来，这时我打开百叶窗，又打开了床头灯。当我走过去向他要体温计的时候，他的脸依然通红通红，我差一点笑出声来，不过这个年纪的小男孩都是这样的，要他们适应这些东西总有点难。最受不了的是她总是直勾勾地盯着我的眼睛，为什么受不了这样的目光呢，我也说不上来，说一千道一万，她不就是个女人嘛，我从毯子下面取出体温计递给她，她看着我，我觉得她一定在心里暗自发笑，谁都看得出来我的脸色通红，这是身不由己的事情，我没法克服。她把体温记在了床尾那张纸上，一句话没说，走了出去。六点钟，爸爸妈妈来看我，我几乎已经记不起来跟他们说了些什么。他们待的时间不长，因为科拉小姐对他们说，得给我准备准备，前一天晚上最好能保持平静。一开始我以为妈妈一定会说出些难听话来，可妈妈只是打量了她一番，爸爸也打量着她，可是老爸的眼神我太了解了，那完全是两码事儿。就在他们要走的时候，我听见妈妈对科拉小姐说道："请您上点儿心照顾他，我会感激您的，这孩子从小全家人都宠着他。"妈妈还说了好多诸如此类的蠢话，我恨不得气死算了，科拉小姐怎么回答的我压根儿没听见，可我敢说这些话她都不爱听，说不定她还会想是不是我告了她的黑状。

六点半光景，她又来了一趟，推着辆小车，上面摆满了瓶瓶罐罐，还有药棉什么的，不知为什么我突然有点害怕起来，其实也不是害怕，可我的目光再也离不开那小推车上的东西，各种各样红的蓝的药瓶子，一卷一卷的纱布，几把镊子，几根胶皮管，他那花里胡哨的鹦鹉似的妈妈没在身边，这可怜的孩子准是吓坏了，请您上点儿心照顾他，我会感激您的，您要知道，我已经和德·吕希大夫谈过了，是，太太，我们会把他当成王子来照顾的。您的小宝贝儿挺漂亮的，太太，一见我进来脸上就飞起红云。我揭开他的毯子时，他动弹了一下，好像想把毯子再盖回身上，我感觉他心里明白，我看见这么害羞觉得挺好玩儿的。"来，把睡裤脱下来。"我说话的时候没去看他的脸。"脱裤子？"他问话的腔调都变了，像只小公鸡。"当然了，脱裤子。"我重复了一遍，他解开了腰带，又去解扣子，可他的手指怎么也不听话。我只好亲自上手褪下他的裤子，一直褪到大腿一半的地方，果然和我想象的差不多。"你已经长成小大人了。"我边说边准备刷子和肥皂，尽管实际上他也没多少毛可刮的。"在家里大伙都怎么叫你？"我一边给他涂肥皂一边问道。"我叫巴勃罗。"他答话的声音可怜巴巴的，他太害羞了。"可他们总会给你起个外号吧。"我不依不饶，接下来该给他刮那本来就没长几根的毛了，情况更糟，他差点儿没哭出声来。"这么说你连个外号也没有，当然啦，你就叫小宝贝儿嘛。"刮完了，我做了个手势，让他再把自己盖起来，没等我说话，一转眼他就抢先把毯子一直盖到了下巴底下。"巴勃罗这个名字好听。"我想稍稍安慰一下他，看见他这么害臊，我也有点过意不去，我还是第一次照看这么小又这么腼腆的男孩子，可他身上还是有点儿什么东西我不大喜欢，也许和他妈妈有关，某种和他的年龄不大相符的东西，我甚至讨厌他长得这么漂漂亮亮的，以他的年龄而言太成熟了，一个流鼻涕的小屁孩儿就自以为是个男子汉，再下去他就该给我献殷勤了。

我紧闭双眼，唯有这样我才能摆脱这一切，可一点儿用也没有，因为就在这一刻，她又添了一句："这么说你连个外号也没有，当然啦，你就叫小宝贝儿嘛。"我真想一头撞死，再不然就揪住她的脖子，掐死她，我睁开眼睛，只见她一头栗色的秀发几乎挨到我的脸上，这是因为她正弯腰替我擦去剩下的一点肥皂沫，她的头发有一股杏仁洗发水的味道，和我的美术老师用的一样，也或许是类似的香水味吧，我不知该说点儿什么好，唯一能想起来问她的就是："您的名字叫科拉，是吗？"她带着一丝嘲弄的神情看了看我，一双眼睛早已看透了我，也看遍了我的全身，说："叫我科拉小姐。"我知道，她这样说是为了惩罚我，就像先前她说"你已经长成小大人了"一样，也只是为了嘲笑我。我恼恨自己的脸为什么涨得这么红，可这是不由我自主的，这事儿再糟糕不过了，同样糟糕的是我忽然鼓起勇气对她说了句："您真年轻……还有，科拉这个名字很美。"可我想说的不是这个，我觉得她察觉到了，而且很不高兴，这会儿她肯定因为妈妈说的话而对我怀恨在心，其实我只想对她说，她这么年轻，我想简简单单地叫她一声科拉，可这样的话此刻怎么说得出口呢，她已经生气了，而且正准备推着小车走开，我想哭，这又是一件不由我自主的事情，就在我想静下心来说出自己想法的时候，突然，我的嗓音嘶哑了，眼前也一片模糊。她已经准备离开，在门口停了一下，好像是想看看是不是忘了什么东西，我想把自己的所思所想告诉她，可就是不知道如何开口，唯一能想到的就是把装着肥皂的盒子拿起来给她看，那是她落在床上的，然后，清了清嗓子说："您把肥皂盒忘在这儿了。"非常严肃，就是男子汉的语气。我回去拿肥皂盒，也是为了让他平静下来，我用手碰了碰他的脸颊。"别伤心，小巴勃罗，"我对他说，"一切都会好的，这是一个小得不能再小的手术。"我碰他的时候，他把头向后一仰，好像是受了什么侮辱，然后身体向下滑去，直到连嘴也藏进了毯子里。他从那里压低嗓音说了句："我叫您科拉，行不行？"我这人心肠太好，看见他想方设法从别的地方找补面子，真有点于心不忍，可我知道此刻不是退让的时候，因为那样一来我再想降住他就难了，而对病人你必须要能降得住，否则就会像以往一样，像玛利亚·路易莎在十四号病房的遭遇一样，被德·吕希大夫骂个狗血淋头，要知道他在这些事情上鼻子像狗一样灵。"叫我科拉小姐。"她说着接过肥皂盒，向外走去。我心中腾地升起一股无名火，想揍她，想从床上纵身跃起，把她推出去，或者是……我自己也不明白怎么就对她说了句："我要是健健康康的，您恐怕会是另一种态度对我。"她装作没听见，连头都没回，我孤零零的一个人，不想看书，什么也不想做，说到底，我情愿让她勃然大怒，回敬我几句，这样我就能请求她的原谅，说其实我不是有意说那些话的，只不过嗓子眼儿一紧，那几句话不知怎么就冒出来了，我是一时气昏了头才那样说的，我想说的不是那些话，即便是也不会那样说的。

他们总是这样，你对他们好，对他们讲上几句好听的话，他们就来劲了，就以为自己不是流着鼻涕的小屁孩儿了。这事儿我得给马尔西亚讲讲，他一定会很开心的，等明天他在手术台上看见这孩子，他会更开心的，这可怜的小孩一张涨得通红的脸，真可恶，我浑身腾起一股燥热，我要怎么做才能不这样呢，是不是说话之前要深呼吸一下，天晓得。她走的时候一定气坏了，我敢肯定她听见我讲的话了，我也不知道自己怎么会对她讲那样的话，我觉得我问她能不能叫她科拉的时候，她并没有生气，她走过来还摸了一下我的脸就是证据，她让我称呼她小姐，那是她的工作性质决定的，不对不对，这事儿发生在前，她先摸了我，然后我才问的她，是我把事情搞砸了。现在还不如之前了，就是给我满满一瓶药片我也睡不着了。肚子那里一阵阵地痛。手摸上去很光滑，怪怪的，糟糕的是现在什么事情全都涌上了心头，我想起了那杏仁味儿的香水，想起了科拉的声音，她的嗓音略有些低沉，不像是她这么年轻这么漂亮的女孩发出的，倒像是来自某个唱博莱罗舞曲的女歌手，哪怕是在她生气的时候，这声音里好像也有种什么东西，在轻轻地抚摸我。我听见走廊里传来脚步声，赶紧躺好，闭上眼睛，我不想看见她，我不要看见她，还是让我安生一会儿吧，我感觉她进了病房，打开天花板上的灯，他假装熟睡的样子像个小天使，一只手挡住脸，直到我走到床边他才睁开眼睛。看见我手上拿着的东西，他的脸一下子红了，这倒让我又是可怜他，又有点儿想发笑，这孩子真的太傻了。"来，乖孩子，把裤子褪下去，转过身去。"这可怜的孩子差一点儿就蹬起腿了，我想象他五岁的时候在他妈妈面前应该就是那样的，嘴里喊着不要不要，大哭大闹，钻进被子里尖声大叫，可这一回可怜的孩子没法这么做，他只是死死盯住灌肠器，又看向等着他的我，突然，他转过身去，两只手在毯子下面鼓捣了一番，可都是白费功夫，我不得不把灌肠器挂在了床头，帮他掀开毯子，让他把屁股抬起来一点儿，褪下他的裤子，再铺上一块毛巾。"来，腿抬起来一点儿，就这样，可以了，趴下去，我让你趴下去，就这样。"他虽然一声不吭，可那神情就像是在大喊大叫一样，我看着我这个年轻的崇拜者的小屁股，觉得有点好玩，又有点可怜他，搞得好像我真的是因为他那几句话在惩罚他似的。"要是嫌太烫就出个声。"我提醒了一句，可他没有吭声，一准是在咬着自己的拳头，我不想看他的脸，所以在床边坐了下来，等他说点什么，灌进了那么多的液体，他居然一声不吭，忍到了最后，做完之后我对他说了一句话，这次确实是为了还一还旧账："这样我才喜欢，像个小男子汉。"我给他盖上毯子，又告诉他尽量憋住，等实在憋不住再上厕所。"你想让我帮你把灯关了，还是开着等你起床自己关？"她走到门口问了我一句。我也不知道自己怎么还能答话，说了句随便之类的，就听见门关上了，于是我用毯子把自己连头蒙了起来，我又能做什么呢，虽说肚子还在疼，我咬着自己的两只手，痛哭失声，哭得一塌糊涂，骂着她，诅咒她，想象着用刀子五下、十下、二十下捅进她的胸膛，捅一下就诅咒她一次，享受着她的痛苦，想象着她会怎样为她对我做过的一切向我求饶。

都是这样，苏亚雷斯，动刀子，打开，可说不定哪一次就会有意外。当然，孩子这么年轻，十有八九他会平安无事，可我还是要对他父亲说清楚，最好别在这种事情上给自己惹麻烦。最好是一切反应正常，可这一回好像有什么事情不太妙，你想一想刚上麻醉时，那根本就不像是他这个年纪的小孩该有的情形。两个小时以后我去看他，以这么长时间的手术而言，他情况还算不错。德·吕希大夫进来的时候，我正给那可怜孩子擦嘴，他不停地吐，麻药劲还没过去，但是大夫还是用听诊器给他听了听，嘱咐我别离开他身边，一直要等到他完全清醒过来。他的父母还在另一间屋子里，那位好太太看来对这一类的事情不太习惯，这会儿一句大话也说不出来了，那做父亲的看着一副无精打采的样子。喂，小巴勃罗，想吐你就吐出来，想哼你就哼出声来，我在这儿呢，是的，我当然在这儿，这可怜孩子还没醒，但他就像快淹死的人一样，死死抓着我的手不放。他肯定把我当成他妈妈了，他们谁都这样，千篇一律。喂，巴勃罗，别这么动来动去，这样你会更疼的，别，手别在自己身上乱扯，那地方不能碰的。这可怜孩子从麻醉里醒来可够他受的，马尔西亚告诉我说那台手术做得格外久。有点儿怪，可能是遇到什么复杂情况了，有时候那阑尾不是一眼就能看得见的，今天晚上我得去问问马尔西亚。好了，乖孩子，我在这儿呢，想哼就哼出声来吧，就是别这么动来动去，我这就用纱布包点儿冰给你润润嘴唇，这样你就不会觉得渴了。是的，亲爱的，吐出来就好了，怎么舒服就怎么来吧。你这手劲可真大，把我的手都快捏青了，对，对，想哭就哭出来，哭吧，小巴勃罗，这能减轻点痛苦，哭吧，哼出声来，反正你睡得死死的，把我当成你妈妈了。你长得真漂亮，你知道不知道，鼻子翘翘的，睫毛又密又长，这会儿你脸色这么白，就像长大了好几岁一样。你不会为一点小事就把脸涨得通红了，对吧，我的小可怜。我疼得很，妈妈，我这儿疼，你让我把他们塞进来的这块沉甸甸的东西取出来吧，我肚子里面有个东西压着，疼得很，妈妈，你让护士来替我把这东西取出来吧。好的，我的乖孩子，很快会过去的，别再动来动去了，你哪来这么大的劲，我得去叫玛利亚·路易莎来帮忙了。好了，巴勃罗，你再这么动来动去我真要生气了，你这么不停地动会疼得更厉害的。啊，看来你开始有点儿知觉了，我这儿疼，科拉小姐，我这儿特别疼，请你帮我做点儿什么，这里太疼了，把我的手放开，我受不了了，科拉小姐，我实在受不了了。

幸好我可怜的小心肝最后还是睡着了，两点半，护士过来找我，让我陪他待一会儿，说他已经好一些了，可我看他脸色苍白，肯定是失血过多，好在德·吕希大夫说了，一切都很顺利。护士也被他折腾得够呛，我不明白为什么不早点儿让我进去，这家医院的人太死板了。已经是晚上了，宝贝儿一直睡着，看得出来他是累极了，可我看他气色好了一点，脸上有了些颜色。他还时不时哼两声，但已经不用手去挠绑着绷带的地方了，呼吸也很均匀，我看这一夜他会过得安安稳稳的。接下来，第一波惊吓刚刚过去，那位大妈指手画脚的旧病又复发了，劳驾，小姐，夜里别让宝宝没人照看；就好像我不知道自己该做些什么似的，不过这也难免。我说过了我是可怜你，你这个蠢老太婆，要不然你看我怎么收拾你。这种女人我见得多了，她们总以为到最后一天给一笔丰厚的小费就万事大吉了。有时候那小费也根本谈不上丰厚二字，不过还想这些做什么呢，反正她已经走了，现在一片安静。马尔西亚，你别急着走，你没看见这孩子还没醒吗，给我说说今天上午的事儿。好吧，你要是现在太忙，我们回头再聊。别，别，玛利亚·路易莎会进来的，在这儿不行，马尔西亚。当然了，不用在意别人，但我跟你说过我上班的时候你别吻我，这不好。好像我们整夜整夜地亲吻还不够似的，你这个傻瓜。走吧。我说走吧，要不然我生气了。傻瓜，怪人。对，亲爱的，再见。当然了。特别特别爱你。

四下里一片漆黑，可这样更好，我连眼睛都不想睁开。已经不太疼了，能这样慢慢地呼吸，也不想吐，多好啊。周围没有一点声音，我这会儿想起来了，我看见过妈妈，她对我说了些什么，让我很难受。我几乎没去看老爸，他在床尾那边，还对我挤了挤眼，这可怜虫就会这一套。我有点冷，想再要一条毯子。科拉小姐，我想再加条毯子。她就在那里，我稍稍睁了睁眼睛，看见她就坐在窗边，正在读一份杂志。她立即走了过来，帮我盖好了毯子，我什么也不用对她讲，她立刻就明白了我的意思。这会儿我想起来了，今天下午我把她当成妈妈了，是她使我平静了下来，也说不定是我在做梦。我下午是在做梦吗，科拉小姐？是您握着我的手，对吗？我当时说了那么多蠢话，可那都是因为我实在太疼了，还恶心想吐……请您原谅我，当护士可真不是什么好差事。我说对了吧，您在笑，可我知道，我是不是把您身上吐得一塌糊涂。好了，我不说话了。我这样很舒服，也不冷。不，不，我不怎么疼，只有一点点疼。科拉小姐，现在挺晚了吧？嘘，现在您什么话都别说了，我告诉过您不能多说话，您就高高兴兴地想想已经不疼了，安安静静地待着。不，不算晚，才七点钟。把眼睛闭上，睡一觉。就这样，现在就睡。

是啊，我是想睡上一觉，可这事儿并不那么容易办到。有一阵子我觉得自己就要睡着了，可伤口那儿突然一疼，或者是脑子里一阵眩晕，于是我不得不睁开眼睛看看她，她就坐在窗边看杂志，把灯罩降得低低的，为的是不让光线照到我。为什么她要一直留在这里呢？她的头发真漂亮，头微微一转，头发就亮闪闪的。她这么年轻，我今天居然错把她当成了妈妈，真是不可思议。我都对她说了些什么话呀，她肯定又在笑我。可是，是她用冰块给我擦嘴，让我不觉得那么疼，现在我想起来了，她还用古龙水替我擦额头和头发，还抓住我的双手，不让我去撕绷带。她已经不生我的气了，也许妈妈已经对她说过对不起了，反正是这一类的话吧，她跟我说话的时候眼神也不一样了："把眼睛闭上，睡一觉。"我喜欢她用这种眼神看，现在想起来第一天她把我的糖果夺走的事，就像是假的一样。我真想对她说，她这么美，我没有一丁点儿要跟她过不去的想法，恰恰相反，我想让她夜里照顾我，我不要那个小个子护士。我真想让她再用古龙水替我擦擦头发。我也真想听她笑着对我说对不起，然后告诉我可以叫她科拉。

他睡了好久好久，八点钟的时候，我估计德·吕希大夫快到了，便叫醒了他，给他量体温。他气色好了许多，这一觉对他太有用处了。他一看见体温计，便从毯子里伸出一只手来，但我告诉他别动。我故意不去看他的眼睛，免得他不好受，可他还是脸红了，对我说他自己能行的。我当然没去理会他，但这可怜孩子太紧张了，我实在没办法，只好对他说："好了，巴勃罗，你是个小大人了，别每次都这样，好吗？"每次都这样，他就是这毛病，控制不住自己的眼泪；我假装没看见，记下了他的体温，就去准备打针的事情。她回来的时候，我已经用床单擦干了眼泪，我真生我自己的气，我愿意付出一切，只要能开口对她说句话，说我不在意，我真的一点儿都不在意，只是一时克制不住而已。"这个针一点儿都不疼，"她举着针管对我说，"它会让你一夜都能睡个好觉。"她掀开毯子，我又一次觉得浑身的血液一下子涌上了脸庞，可她只微微一笑，便用一团湿湿的棉花球在我大腿上擦了擦。"一点儿都不疼。"我对她说，因为总得说点儿什么，总不能在她这么看着我的时候，我就这么傻傻地待着吧。"你看，"说着她拔出针头，又用棉球给我擦了擦，"你看，我说不疼吧。现在你哪儿都不会疼了，小巴勃罗。"她给我盖好毯子，又用手摸了一下我的脸。我闭上眼睛，真想干脆死掉，这样她就会哭泣着，用手抚摸我的脸庞。

我对科拉从来就看不太懂，可这一回她有点偏执了。本来嘛，不理解女人是怎么想的也不要紧，只要她们爱你就行了。要是她们犯神经了，或者听了随便一句玩笑话就来找茬，好吧，小乖乖，好了，来，吻我一下，一切就都万事大吉。看得出来这姑娘还太嫩，她还需要好长时间才能学会在这个可恶的行当里讨生活，这可怜的姑娘今天晚上脸色有点儿不对，我花了整整半个小时才让她忘掉那些烦人的事情。她还没找到合适的方法去对付某些病人，二十二号病室那个老太太就是个例子，我觉得从那以后她应该长进一点了，可是现在这个小家伙又成了她的一件头疼事。夜里两点钟左右，我们在我的办公室里喝了会儿马黛茶，然后她去给他打了一针，回来时心情很不好，做什么都提不起兴致。她这张脸生起气来、发起愁来都挺好看，渐渐地我把她的情绪扭了过来，终于她笑了，把事情的原委告诉了我，其实在这种时候我真想脱掉她的衣裳，感受一番她的身体像怕冷似的微微颤抖。马尔西亚，这会儿不早了吧。哦，这么说我还可以再待一会儿，下一次打针是五点半，那个加利西亚小个子女人六点钟才会来。原谅我，马尔西亚，我是个傻姑娘，你看，就为了这么个流鼻涕的小孩我操了多大的心，不管怎么说，我总算把他降住了，可一阵一阵的，我又有点可怜他，这个年纪的孩子总是又愚蠢又骄傲，要是可能的话，我想让苏亚雷斯大夫给我调个班，二楼不是还有两个做了手术的病人吗，都是成年人，你可以毫无顾忌地问他们大便了没有啊，尿盆满了没有啊，需要的时候帮他们擦擦身子，一边干活一边还聊些天气啊政治啊什么的，都再平常不过，只是干了该干的活，马尔西亚，而不是像在这儿，你懂吧。不错，人当然什么都得经历，可是我还得碰见多少个这样的小毛孩儿呢，这就像你常说的，是个技术问题。就是，亲爱的，当然了。可这一切都是因为他妈妈开了个坏头，这种事是忘不掉的，你明白吗，误会从第一分钟开始就注定了，那孩子很傲气，身上又疼，特别是刚开始的时候他一点儿也不知道要做什么，可他想装大人，想带着男子汉的眼神来看我，就像你的眼神那样。现在我连问他想不想尿尿都不敢，更糟糕的是，要是我在病房里待着，他能一整夜都憋着不尿。现在我想起这个还忍不住想笑，他明明是想尿，又不敢说出来，最后我不耐烦了，逼着他学会了不动身子躺在那儿尿尿。每到这时，他总是闭上眼睛，可这样一来情况更糟，他总是一副马上就要哭出来或是想骂我一顿的样子，就是这样的反应，他太小了，马尔西亚，还有那位大妈，她一准是把儿子当个扭扭捏捏的小宝宝来养活，宝贝儿这，宝贝儿那，说上一大堆废话，反正他永远是个小宝宝，是妈妈的小宝贝儿。唉，又刚好轮到我来管他，就像你说的，碰到高压线了，要是轮到玛利亚·路易莎就好了，她的年龄给他当姑姑都绰绰有余，哪怕把他全身上下都擦洗一遍，他也不会这样满脸通红。唉，说实话，马尔西亚，都怪我运气不好。

　　她把床头柜上的灯打开时，我正在做梦，梦见自己在上法语课，我最先看到的总是她那一头秀发，大概是她给我打针时必须得把腰弯下来的缘故吧，也许还有别的原因，她的头发搭在我的脸旁边，有一回还把我的嘴弄得好痒，气味又那么好闻，她用棉球给我擦的时候总是笑吟吟的，擦了好一会儿才把针扎进去，我看着她的手稳稳当当地推着注射器，黄色的液体慢慢地进入我的身体，有点儿疼。"不，一点儿都不疼。"我永远没法对她说："不，一点儿都不疼，科拉。"我不会叫她科拉小姐的，一辈子都不会这样称呼她。我要尽量少跟她说话，就算她跪在地下求我，我都不会叫她科拉小姐的。不，我一点儿都不疼。不了，谢谢，我挺好的，我要再睡一觉。谢谢了。

　　谢天谢地，他脸色又正常了，就是精神头还差一点儿，连吻我一下都勉强，埃斯特姨妈给他带来了好些连环画，还送给他一条特别漂亮的领带，让他在我们接他回家的那天戴上，可他连看都没看她一眼。今天早上这个护士真是个温柔的好人，毕恭毕敬的，和她说话倒挺让人开心，她说孩子一直睡到八点钟才醒，喝了一点牛奶，看样子现在就可以开始进食了，我得和苏亚雷斯大夫说说，这孩子不能喝可可，恐怕他父亲已经对大夫说了，因为我看见他们聊了好一会儿。太太，您出去待一会儿，我们要给他做点儿检查。莫兰先生，您可以留下来，主要是有那么多纱布绷带，他妈妈看见了不好受。让我们来看看，伙计。这儿疼吗？当然了，这很正常。那这儿呢，是疼还是稍微有点感觉。很好，一切顺利，小朋友。就这样，整整五分钟，这儿疼吗，那儿有感觉吗，老爸一直盯着我的肚子，就好像他是头一次看见似的。怪怪的，直到他们走了以后我才平静下来，可怜的爸妈，让他们担心了，可我能怎么办呢，他们真烦人，老说些不该说的话，尤其是妈妈，幸好那小个子护士装聋作哑的，什么都忍了，满脸是那种可怜虫等着别人给点小费的神情。你看他们连我不能喝可可这种事儿都能说出口，真把我当成个吃奶的小毛孩儿了。我真想一觉睡上个五天五夜，谁都不见，特别是不想见科拉，醒来正好他们接我出院回家。也许还要多等上几天，莫兰先生，您已经从德·吕希大夫那里得知了吧，这次手术比预想中复杂了一点儿，有时候总会有点小小的意外。当然了，以这个孩子的体质，我看不会有什么问题，可最好您还是给您太太说一下，这事儿可能不像我们一开始想的那样，过一周就没事了。哦，当然，好的，这个您可以和院长谈，这是内部事宜。现在你瞧瞧，是不是运气不好，马尔西亚，我昨天晚上就跟你讲过的，这件事要比我们预想中持续得更久。是呀，我也知道这没什么要紧的，但是你能不能稍微体贴一点，你知道的，伺候这孩子真不好受，他比我更加觉得不好受，真可怜。你别这么看着我，我怎么就不能可怜他，别这么看我。

没人不让我看书，可那些连环画就从我手里掉下去了，我还有两篇没有看完，埃斯特姨妈还带来那么多本。我脸颊发烫，恐怕是发烧了，要不就是这间病房里太热了，我得让科拉把窗户打开一点，或者替我去掉一条毯子。我想睡觉，她坐在那里看杂志，我睡我的觉，看不见她，连她在不在那里也不知道，这就是我此刻最想做的事情。可现在她只有晚上才会留在这里，最麻烦的阶段已经过去了，他们让我一个人待在这里。我觉得自己三四点钟的时候睡着了一会儿，五点整，她来了，拿来一种新的药，是种滴剂，苦得要命。她每次看上去都像是刚洗完澡换好衣服似的，身上有一股清新的气息，像香粉，又像古龙水。"这种新药很难吃，我知道。"说着她微微一笑，像是在给我打气。"不，只有一点点苦，没什么。"我告诉她。"你这一天过得怎么样？"她边问边甩着体温计。我跟她说挺好，一直睡着，苏亚雷斯大夫说我好多了，我也不太疼了。"那好，那你就能稍微干点儿活了。"说完她把体温计递给了我。一时间我竟不知道怎么回答她才好，我量着体温，她走过去关上了百叶窗，又把床头柜上的瓶瓶罐罐整理了一番。趁她来取体温计之前，我偷空看了一眼。"我在发高烧呀。"他对我讲这话时好像吓坏了。真糟糕，我怎么老是做这样的蠢事，为了不让他难堪，我把体温计给了他，结果这个小不点儿居然趁机知道了自己正在发高烧。"头四天总是这样的，另外，谁也没有让你看体温计。"我恼羞成怒，不是冲他，更多是冲着我自己。我问他是不是动自己的肚子了，他说没有。他一头一脸的汗珠，我替他擦了擦脸上的汗水，又给他洒了点古龙水；没等回答完我的问话，他就紧紧闭上了双眼，我给他梳了梳头发，免得老耷拉在额头上，他也没把眼睛睁开。三十九度九，真是烧得不轻。"你尽量睡一小会儿。"我边说边在心里盘算什么时候把这事儿告诉苏亚雷斯大夫。他依然没有睁眼，却露出一副厌烦的神情，一字一顿地对我说："您对我不好，科拉。"我竟不知道要怎么回答他，我守在他身旁，直到最后他睁开眼睛看了我一眼，目光里满满的都是高烧和愁苦。我情不自禁地伸出手，想抚摸他的额头，但他一把推开了我的手，肯定是扯动了伤口，又疼得抽搐了一下。我还没来得及反应，他又压低嗓音对我说："如果您不是在这个地方认识我的话，您一定不会这样对待我的。"一开始我差点儿没笑出声来，可他这话说得太滑稽了，还眼泪汪汪的，我又陷入了以往的情绪，又生气又有点害怕，在这个自命不凡的小毛孩面前，我突然觉得异常无助。我终于控制住了自己的情绪（这一点真要感谢马尔西亚，是他教会了我控制自己，我也做得越来越好了），我挺直身躯，好像什么事也没发生过一样，把毛巾挂在了架子上，又盖上了古龙水的瓶子。现在好了，我们都知道自己该干什么不该干什么，说白了，这样更好。一个是护士，一个是病人，什么废话都不用多说了。古龙水还是让他妈妈去给他搽，我需要为他做的是别的事情，而且我会不假思索地去做。我不知道自己为什么还要待在这里，这已经超出了我的职责。后来我给马尔西亚说这件事的时候，他说我是想给他个机会道歉，说声对不起。我不知道，也许是吧，可也许不是，也许我待在那里只是为了让他继续骂我，想看看他到底能做到什么地步。可他仍然双眼紧闭，额头上脸颊上全是汗水，就好像有人把我浸在滚烫的开水中，为了不看她，我用力闭紧双眼，眼前尽是些紫色红色的光斑，可我知道她就在那里，只要她能再一次弯下腰来，替我擦擦额头的汗水，就当我根本没对她讲过那些话，让我付出什么代价我都愿意，但是已经不可能了，她就要走了，什么也不会为我做，什么话也不会对我讲，等我再睁开眼睛，就只有茫茫黑夜，还有床头柜和空荡荡的病房，残留在病房里的一点香水的气息，我要十遍百遍地对自己说，我对她说这话没有任何错，我就是要让她学着点儿，让她别像对小孩子那样对待我，让她还我清净，让她别离开我。

总是在这个时候，早上六七点钟，应该是一对在院子里屋檐下筑窝的鸽子，雄鸽咕咕地叫，雌鸽咕咕地回应，叫了一会儿便都累了，那个小个子护士来给我擦洗和送早饭的时候我对她说了这事，她耸耸肩，说早先也有别的病人提过意见，可院长不想把它们赶走。这对鸽子的动静我也不知道听了多少天，最初几个早晨，我要么是还睡着，要么是疼痛难当，没去注意它们，可这三天，我一听见它们的叫声就愁上心来，我更愿意在家里听小狗米洛德的吠声，哪怕是听埃斯特姨妈的唠叨也行，这个时间她该起床去望弥撒了。这该死的高烧始终不肯退，他们要把我在这里留到何年何月呀，今天上午我必须得问问苏亚雷斯大夫，无论如何，待在自己家里才是最好的。您听我说，莫兰先生，坦率地和您说吧，这事儿没有那么简单。不行，科拉小姐，我还是想让您继续照看这个病人，我会给您解释原因的。可这样一来，马尔西亚……过来，我来给你煮一杯浓浓的咖啡，你还太嫩了，简直让人不敢相信。听着，亲爱的，我已经和苏亚雷斯大夫谈过了，看起来这孩子……

幸好后来两只鸽子都不叫了，也许它们正在什么地方飞翔，飞遍整座城市的上空，这对鸽子真有福气。上午的时光特别难熬，老爸老妈走的时候我开心极了，自从我发高烧以来，他们来得更勤了。好吧，要是我还得在这里再待上四五天，倒也没什么大不了的，在家里当然会好一点，可我一样还是要发烧，还是要一阵一阵地难受。连一本连环画都看不成，这简直就是要了我的命，一想到这个，我就仿佛全身的血都流光了。可这一切都是因为我在发烧，这一点昨天晚上德·吕希大夫就告诉过我，今天早上苏亚雷斯大夫又对我说了一遍，他们准是很清楚的。我睡得很少，时间总像停滞了一样，每天下午三点钟以前我准会醒来，就好像三点或是五点对我意义非凡似的。正相反，三点钟，小个子护士就下班了，真可惜，因为她在的时候我总是特别好。要是我能一觉睡到半夜那该多好呀。巴勃罗，是我，我是科拉小姐。我是你的夜班护士，给你打针打得很疼的那个护士。我知道你不疼，傻瓜，我只是开个玩笑。想睡你就再睡会儿，就这样。他眼睛没睁，对我说了声"谢谢"，他是可以睁开眼睛的，我知道中午的时候，虽说不让他说太多的话，他还是和那个加利西亚小个子护士聊了半天。走出病房之前，我突然转过身来，他在看着我，我能感觉到，他一直在我背后看着我。我走了回去，在床边坐了下来，量了量他的脉搏，又把他发烧时揉得皱皱巴巴的床单铺平。他看着我的头发，然后垂下目光，躲闪着我的视线。我简单收拾了一下东西，做点准备，整个过程他一言不发，两眼望着窗户，仿佛我根本不存在。五点半他们会准时来他这里，他还有点时间可以睡一小会儿，他的父母在楼下等候着，若是在这个钟点看见他们他会感到奇怪的。苏亚雷斯大夫会稍微提前几分钟到这里，给他说明他还得再做一次手术，让他不用太担心。然而他们派来的是马尔西亚，看见他走进来我着实吃了一惊，可他给我打了个手势，让我别动，他在床尾那儿看了看体温记录，直到巴勃罗适应了他的到来。他跟他开起了玩笑，这一类的谈话他很在行，大街上冷得很，待在这房间可真好呀，巴勃罗看着他，一言不发，仿佛在等待着什么，反倒是我感觉怪怪的，我真想让马尔西亚出去，让我和这孩子单独待在这里，我觉得这些话没有谁能比我更适合说给他听，可谁知道呢，也许并非如此。我知道，大夫，你们还得再给我做一次手术，您不就是上次给我做麻醉的大夫吗，好吧，这样最好，总比躺在这张床上发烧强。我早就知道你们最终还是得做点什么，因为从昨天起我就疼得厉害，这次疼得不一样，是里边疼。还有您，就这么坐在那儿，您别用这种表情看着我，别这么笑，就像是来请我去看电影似的。您和他一起出去吧，到走廊里去吻他，那天他在这里吻了您一下您还跟他生了气，其实那会儿我没睡着。你们两位都走吧，让我睡一会儿，我睡着了能疼得轻一点。

好了，孩子，我们来一鼓作气把这事搞定，你还要把这张床占多长时间呀，亲爱的。慢慢地数数，一，二，三。就这样，很好，继续数，过上一个星期你就能回家吃汁水汪汪的牛排了。你去眯上一会儿，姑娘，然后回来缝合。你该先看看德·吕希的脸色，没有人能够适应这些东西的。你瞧，我借机向苏亚雷斯提出能不能给你换个班，说你照看这么个重病号特别累，如果你也跟他说说，也许会把你换到三楼去。行了行了，你爱干吗干吗，那天晚上你发了那么一通牢骚，现在倒成了好撒玛利亚人了。你别跟我生气，我是为了你好才这么做的。他当然是为了我好才这么做的，可他完全是瞎耽误工夫，我不但今天晚上而且每天晚上都要和这孩子待在一起。八点半他开始慢慢醒来，他的父母赶紧走开了，因为最好别让他看见可怜的父母那副面孔，苏亚雷斯大夫来的时候低声问我，需要不需要让玛利亚·路易莎来换我一会儿，我对他做了个手势，意思是我留下，他就走了。玛利亚·路易莎陪了我一会儿，因为我们得稳住他，让他平静下来，后来他突然安静了，几乎没有呕吐；他太虚弱了，几乎没怎么呻吟就又睡着了，一直睡到十点钟。还是那两只鸽子，你一会儿就能看见，妈妈，又像每天早上那样咕咕叫，我不明白为什么不把它们撵走，让它们飞到别的树上去。把手给我，妈妈，我冷极了。啊，我刚才是做了一个梦，我以为已经是早晨了，鸽子也开始叫了。对不起，我把您当成我妈妈了。他又一次移开了目光，摆出凶巴巴的模样，又一次把过错都推到我身上。我假装没发现他还在生气，照看着他，在他身旁坐下来，用冰块替他润嘴唇。我把古龙水洒在他的手心和额头上，他这才把目光转向我，我又离他更近了一点，朝他微微一笑。"叫我科拉吧，"我对他说，"我知道，一开始我们有点儿误会，可我们最终能成为好朋友的，巴勃罗。"他一声不吭地看着我。"对我说：好吧，科拉。"他还是看着我。"科拉小姐。"说完这句，他又闭上了眼睛。"别，巴勃罗，别这样。"我央求着，亲吻了一下他的脸颊，吻在离嘴边很近的地方。"从今以后我就是科拉，只有你能叫的科拉。"我不得不向后闪开，可还是溅到了我脸上。我擦了把脸，扶住他的头让他漱口，贴在他耳边说话时又亲了他一口。"请您原谅我，"他的声音细若游丝，"我没忍住。"我对他说别说傻话，就是因为这个我才来照顾他的，想吐就吐，只要能轻松一点就好。"我想让妈妈来一下。"他这么对我说，眼睛望着别处，目光里一片空白。我又摸了摸他的头发，替他理了理毯子，等他对我说点儿什么，可他一副拒人千里的样子，我觉察到了，我待在这里只能增加他的痛苦。走到门口，我转过身来等了等；他两眼瞪得溜圆，死死盯住天花板。"小巴勃罗，"我叫了他一声，"拜托，小巴勃罗，拜托，亲爱的。"我走回床边，弯下腰来吻了他，他冷冰冰的，透过古龙水的香气，是呕吐和麻醉的气味。只要再待一秒钟，我就会当着他的面号啕大哭起来，为他而哭。我又吻了吻他，然后跑出了病房，去找他的妈妈，找玛利亚·路易莎；有他妈妈在那里，我不想再回来，至少今天晚上不想回来，而在这之后我非常清楚没有任何必要再回到那间病房里去，马尔西亚和玛利亚·路易莎会把一切都料理好，直到它再一次腾空。

正午的海岛

第一次看见那座小岛时，马利尼正朝左边的座位彬彬有礼地弯下腰，打开塑料小桌板，再放上午餐盘。他捧着杂志或是端着威士忌酒杯来来去去的时候，那位女乘客已经看了他好几眼。马利尼一边慢悠悠地整理小桌板，一边无聊地自问，这位女乘客固执的注视是否值得回应，她只不过是个普通得不能再普通的美国女人。正在这时，那座小岛的海岸线出现在蓝色的椭圆形舷窗里，海滩宛若金黄的丝带，几座小山隆向一处荒凉的高地。马利尼把放错位置的啤酒杯放好，对女乘客微微一笑。"希腊的岛屿。"他说。"哦,是的,希腊。"[①]美国女人回答，假装饶有兴趣。一阵短促的铃声响起，空乘

①原文为英语。

站直身体，薄薄的嘴唇依然保持着职业的微笑。他去给一对叙利亚夫妇准备番茄汁，走到尾舱时，他停了几秒，再一次向下望去；那座岛很小，孤零零的，四面被爱琴海环绕，湛蓝的海水给小岛镶了一道耀眼的凝固的白边，那是浪花撞击着礁石和港湾。马利尼看见空无一人的海滩向北向西蜿蜒而去，一道陡峭的山岭直插海中。这是个乱石丛生的荒岛，离北部海滩不远的地方，能看见一团铅灰色的暗影，也许是一座房子，也许是好几家简陋的房屋。他打开番茄汁罐头，重新直起身时，小岛已经从舷窗里消失了；窗外只有大海，一望无际的碧绿的海平面。他莫名地看了看手表，刚好是正午时分。

马利尼喜欢被派去飞罗马－德黑兰航线，因为这条线不像飞北方的航班那样阴郁，女孩子们也因为能飞去东方或者去看意大利而欣喜。四天以后，一个孩子把餐勺弄丢了，愁眉苦脸地把餐后甜点的盘子指给他看，他给那孩子递新餐勺时，又一次看见了那座岛屿的边缘。时间应该还差八分钟，可当他在尾舱里朝着舷窗俯身看时，疑虑消失了，那小岛的形状他绝不会看错，就像是一只海龟从海水里若有若无地伸出了四只爪子。他盯住小岛看了半天，直到有人唤他，这一回他确定那团铅灰色的暗影是几家房屋；他甚至还辨认出零落的几块耕地一直延伸到海滩边。在贝鲁特中途停留时，他翻看过女同事的地图册，好奇这小岛会不会是荷罗斯岛。这位无线电报务员是一个冷淡的法国人，对他的这种好奇心表示难以理解。"这些岛屿都是同一个模样。这条航线我已经飞了两年，从来就没有注意过这些小岛。对了，下次指给我看看。"不是荷罗斯岛，是希罗斯岛，是旅游线路之外的众多岛屿之一。"你要是想去得赶紧，"他们在罗马小酌时，女同事这样对他说，"要不然，用不了五年，什么成吉思汗，什么库克船长，那帮乌合之众随时都会到那里去的。"可那座小岛一直挥之不去，每当他记起来，或者正在舷窗附近，他会去看它一眼，而最后以耸耸肩膀了事。这一切都没有任何意义，每周三次正午时分飞过希罗斯岛上空，这事就和每周三次梦见正午时分飞过希罗斯岛上空一样虚幻。循环反复又毫无意义地看到此情此景使一切变得虚假；也许，唯一真实的是重复的欲望，是每当正午临近都会看一看手表，是与那片深邃蓝色映衬下的耀眼白边的短暂相遇，还有那几座渔人的小屋，在相遇的一瞬，渔人也抬起头，目光追随着划过天空的另一种虚幻。

八九个星期之后，他们提出派他去飞纽约的航班，种种优势显而易见，马利尼也觉得正是个好机会，能够了结这无害却烦人的强迫症。他口袋里揣着一本书，作者是一个广义上的地理学家，看名字像是地中海东部地区的人，书里有许多有关希罗斯岛的细节，都是通常的导游手册里找不到的。他听见自己的声音仿佛从某个遥远的地方传来，他回绝了这个建议，躲开了一位上司和两位秘书惊愕的目光，径直去了公司食堂，卡尔拉正在那里等他。卡尔拉混杂着疑惑的失望不曾困扰他；希罗斯岛的南岸不宜居住，但往西一点存留着一些吕底亚人又或许是克里特迈锡尼时代的遗迹，戈德曼教授就在那里发现了两块刻有象形文字的石头，当时它们在小码头上被渔民们当石桩使用。卡尔拉头疼，她几乎立即就起身离开了；那一小群居民主要是靠捕捞章鱼为生，每五天会有一条船来运走他们捕到的鱼，同时给岛上带来粮食给养和各色商品。旅行社的人告诉他，得从瑞诺斯专门包一条船过去，或许也可以乘坐收章鱼的小船过去，可后一种情况只有到了瑞诺斯才能知道是否行得通，旅行社在那里没有经理人。不管怎么说，去那个小岛住几天还只是他六月份假期的一个计划；而紧接着的几个星期里，他先是替怀特飞了突尼斯的航班，后来碰上一次罢工，卡尔拉又回了巴勒莫她姐姐的家。马利尼到纳沃纳广场附近找了家旅馆住下，那里有几家二手书书店，他无所事事地找了几本有关希腊的书作为消遣，有时也随手翻翻一本希腊语日常会话手册。他觉得卡利梅拉①这个词挺好玩的，就在一家歌舞餐厅里拿这个词和一个红头发女孩演练了一回，和她睡了觉，知道了她爷爷住在奥多斯，嗓子疼却找不到原因。在罗马，天下着雨；在贝鲁特，塔尼娅总在等着他；当然还有些别的故事，总归是亲戚或者哪里疼之类的；一天，又轮到他飞德黑兰，又可以看见正午的海岛了。马利尼久久贴在舷窗边，新来的空姐甚至因此认定他不是一个好同事，特意告诉他她总共端过多少次盘子。这天晚上，马利尼请那位空姐到菲罗斯餐厅吃饭，没费多大气力就让她原谅了他上午的走神。卢西娅建议他剪一个美式发型；他和她谈了会儿希罗斯岛，可后来明白了其实她更喜欢谈希尔顿的伏特加酸橙酒。时间在这样那样的事情里流逝，数不清的餐盘，每只盘子递给乘客时还得附赠一个他们应得的微笑。返程途中，飞机在早晨八点飞临希罗斯岛上空，阳光从左面的舷窗直射进来，让人几乎看不清那只金色的海龟；马

---

①希腊语，意为：你好。

利尼宁愿等待正午飞过的那趟航班，因为他知道那时他可以有长长的一分钟时间待在舷窗前，与此同时工作就都由卢西娅（后来是菲丽莎）带着某种啼笑皆非的神情去承担。有一回，他给希罗斯岛照了张相片，可是洗出来模模糊糊的；他对这座海岛已经有所了解，那几本书里零星提到了这座岛，他把那些内容都勾画了出来。菲丽莎告诉他飞行员们叫他"海岛狂人"，他毫不在意。卡尔拉刚刚来信，说她决定不要这个孩子。马利尼给她寄去两个月的薪水，心想剩下的大概不够自己度假了。卡尔拉收下了钱，又通过一个朋友告诉他，她准备嫁给特雷维索的那位牙医。与每个星期一、星期四和星期六（每两个月也会有一个星期天）的正午时分比起来，这些都无关紧要。

时光流逝，他开始意识到菲丽莎是唯一一个能稍稍理解他的人；他们之间形成了一种默契，只要他往尾舱舷窗边一站，她就会接过所有中午的活。能看见小岛的时间不过几分钟，可大气是如此洁净，海水又以缜密到近乎残酷的方式描画出它的轮廓，连最微小的细节都与上一次航程记忆中的样子毫无二致：北部山冈上斑驳的绿色，铅灰色的房屋群落，还有那铺在沙滩上晾晒的渔网。有时渔网不在那儿，马利尼会觉得自己被剥夺了什么，仿佛受到了伤害。他也曾想把飞过小岛的过程拍摄下来，在旅馆里播放回味，最后还是宁愿省下买摄像机的钱，毕竟离休假只有一个月了。他并没有仔细地留心日期；有时和塔尼娅在贝鲁特，有时和菲丽莎在德黑兰，在罗马差不多总是和他弟弟一起，那些时间都含含糊糊、舒服自在、亲切友好，仿佛是一种替代，消磨着起飞前和降落后的时光，而在飞行过程中，一切也都是含糊、舒服而懵懂的，直到是时候走到尾舱的舷窗边，弯下腰来，触碰到冰冷的玻璃仿佛是水族箱的外壁，而里面，一只金色的海龟在湛蓝的背景下慢慢挪动。

那一天，可以清楚地看见沙滩上铺开了渔网，马利尼甚至可以赌咒发誓，靠左边的一个小黑点，就在海边，准是一个渔人正仰望着飞机。"卡利梅拉。"他莫名地想到这个词。没有道理再等下去了，钱不够，但马里奥·梅若里斯会借给他，不出三天，他就会在希罗斯岛上了。他嘴唇贴在玻璃上，微笑着，他想自己会登上那片绿色斑驳的山冈，赤裸着身子跳进北面那个小海湾游泳，和当地人一起去捕章鱼，凭手势和笑声互相交流。只要拿定主意，一切都不是问题，夜行的火车，先坐一条船，再换上一条又旧又脏的船，船到了瑞诺斯，和小船船长无休无止地讨价还价，满天的星光，入夜时甲板上到处是茴香和羊肉的气味，清晨时船已经在小岛之间航行了。他伴着晨曦上岸，船长把他介绍给一位长者，大约是这里的族长。科拉约斯握住他的左手，说起话来慢腾腾的，直视着他的双眼。有两个小伙子走了过来，马利尼知道他们是科拉约斯的儿子。船长把他会的一点儿英语全用尽了：二十个居民，章鱼，捕捞，五间房子，意大利客人会付给科拉约斯住宿费。

科拉约斯谈价钱的时候，两个年轻人都笑了起来；马利尼也笑了，他已经和小伙子们交上了朋友，他看见太阳从海上升起，从这里看去，海水的颜色比从空中看更清澈，房间简陋但干净，一只水罐，一股鼠尾草和鞣过的皮革味道。

他们都去装船了，他一个人留在那里，三两下脱掉了旅行时穿的衣服，换上泳裤和拖鞋，在岛上四处走走。岛上一个人也不见，阳光一点点炽热起来，树丛里升腾起一股微妙的气味，酸酸的，又仿佛掺进了海风里碘的气息。他登上北边山冈的时候，应该是十点了，他看见了那处最大的海湾。他想一个人待着，但又想下到沙滩，去游会儿泳；小岛的气息浸润着他的身体，他很享受这样的亲密接触，已经无法再去思考或是选择。他脱去衣服，从一块石头上跳下海去，阳光下，微风里，皮肤暖洋洋的；水有点凉，这很合他的意；他任凭暗流把自己带到了一处洞穴的入口，然后又向外海游去，仰面躺在海水上，随波逐流，他相信这一切是一个和解的行动，同时也蕴含着未来。他确定无疑，自己不会再离开这座小岛，他会以某种方式永远留在岛上。他试图想象出他弟弟和菲丽莎的脸，想象当他们发现他要在一个孤悬海外的石头岛上靠捕鱼为生时，会是一副什么样的表情。他转身游回岸边时，已经把他们抛之脑后了。

身上的水汽很快就被太阳晒干了，他向那几座房屋走过去，两个女人惊奇地看着他，跑进屋里藏了起来。他朝着空中做了个问候的手势，走到渔网跟前。科拉约斯的一个儿子在海滩上等着他，马利尼指了指大海，邀请他一起下去游泳。小伙子指了指自己的棉布裤子和红衬衫，有点犹豫。后来他飞快地跑进一座屋子，回来的时候几乎全裸了；两个人一起跳下已经变得温暖的大海，十一点的阳光下，海面明亮耀眼。

他们俩在沙滩上晒太阳的时候，伊奥纳斯说起每样东西的名字。"卡利梅拉。"马利尼说，小伙子笑得直不起腰来。然后马利尼把刚刚学到的词语逐一重复，又教了伊奥纳斯几个意大利语单词。海平面的远方，小船越来越小；马利尼这才觉得真正和科拉约斯与他的族人一起，单独待在小岛上了。他想先这么过上几天，付房租，学习捕鱼；等到哪天下午，彼此更熟悉一些的时候，再和他们谈谈留在岛上和他们一起干活的事情。他站起身来，和伊奥纳斯握手告别，慢慢地向山坡走去。坡很陡，他一面攀爬，一面享受着每一次停顿时的风光，他不时地回过头向海滩上渔网的方向看过去，看那两个女人的身影，她们此刻正欢快地同伊奥纳斯和科拉约斯说着什么，不时地朝他瞟上一眼，大声地笑。到达那块斑驳的绿色，他进入了另一个世界，阳光炽热，海风吹拂，糅进了百里香和鼠尾草的清香。马利尼看了看手表，一脸难耐地把它摘下来，收进游泳裤的兜里。放下旧我并非易事，可是此刻，站在这高处，在日光下，在如此的开阔中，他绷紧全身肌肉，觉得这艰巨的任务是可以完成的。他就在希罗斯岛，在这个他无数次怀疑自己能否抵达的地方。他仰面朝天躺在热乎乎的石块上，身上硌得生疼，山冈上的地面滚烫，他忍耐着不适，两眼直视天空；远远地，他听到引擎的嗡嗡声。

　　他闭上双眼，告诉自己不要去看那架飞机，不要让平生最糟糕的经历破坏心境，这飞机只不过是又一次飞过小岛的上空。然而，在眼帘的暗影中，他想起了端着餐盘的菲丽莎，这会儿她一定正在分发餐盘，还有自己的继任者，也许是乔治，也许是从别的航线调过来的新人，无论是谁，也会微笑着把红酒或咖啡递给乘客。他无力与往事对抗，索性睁开眼睛坐起身来，就在这瞬间，他看见飞机的右翼几乎是擦着自己的头顶掠过，机身不可思议地倾斜着，引擎的轰鸣声变了，飞机几乎是垂直地坠入大海。他飞快地跑下山去，在岩石间跌跌撞撞，荆棘丛划破了手臂。小岛挡住了他看向飞机坠落处的视线，下到海滩之前他拐了个弯，沿预想中的近路越过最大的山脊，来到那片小海滩。机尾在离岸约一百米的海水里下沉，静寂无声。马利尼助跑几步跳下水去，心里还残余着这飞机能再浮上水面的企盼；可是眼前只有微微起伏的波浪，飞机坠落点附近，一只纸箱诡异地漂着，最后，当他再游过去已经毫无意义的时候，突然一只手伸出水面，只有那么一瞬，但足以让马利尼调整方向，从水里潜游过去，抓住了那人的头发，那人竭力想抱住他，而马利尼和那人保持着距离，同时让他大口地呼吸空气。就这样，一点一点地，马利尼把他拖到了岸边，用双臂抱起那个穿着白制服的身躯，把他放在沙滩上，看着那布满泡沫的面孔，鲜血从脖子上一道大大的伤口往外涌，死亡已然到来。人工呼吸已经没有任何意义，每抽搐一次，那伤口仿佛都裂开得更大更深，像一张可怖的嘴巴在召唤马利尼，把他从刚到小岛不久的微小幸福中生生拉扯出来，在一阵阵涌出的泡沫中，对马利尼呼喊着他再也不能听见的话语。科拉约斯的两个儿子飞奔而至，身后还跟着那些女人。科拉约斯赶到的时候，小伙子们正围在沙滩上躺着的躯体旁边，实在无法想象这个人怎么有力气游到岸边，又流着血爬到这个地方来。"帮他把眼睛合上吧。"一个女人哭着说。科拉约斯朝海面看去，想发现别的幸存者。可是岛上一如既往，只有他们几个，而唯一的新事物，就是他们和大海之间那具尸体，两眼圆睁。

给约翰·霍维尔的指令

献给彼得·布鲁克

后来，他每每想起这件事——在大街上，或是坐在火车上穿过田野时——总会觉得一切都很荒谬，可戏剧正不过是与荒谬订下盟约，进行一场高效而奢华的演练。一个伦敦秋日的周末，百无聊赖之中，莱斯连节目单都没好好看一眼，就走进了奥德维奇剧院，戏的第一幕在他看来相当平庸；荒谬发生在幕间休息的时候，一个灰衣男人走到他的座位跟前，用几乎听不清的低沉嗓音，彬彬有礼地邀请他到后台去一趟。他并没有太过惊奇，想着剧院经理大概是在做什么民意测验吧，就是那种为宣传而做的泛泛调研。

"如果是要征求意见的话，"莱斯说道，"第一幕我看没多大劲，比方说灯光……"灰衣男人客客气气地点了点头，仍然用手指着一扇边门，莱斯明白自己该站起身来随他走过去，而不要太拿架子了。"我倒是想喝上一杯茶。"下了几级台阶、走到旁边一条走廊时，他这样想着，随那人走去，有些心不在焉，又有点不快。突然，他来到了后台一个化妆间，这里倒更像是个有钱人家的书房；两个看上去无所事事的男人向他问了声好，仿佛他的来访早在他们意料之中，而且是理所当然。"您当然会做得很好。"其中那个高个子男人说道。另一个男人点了点头，活像是个哑巴。"我们没多少时间，"高个子男人说，"但我会尽量简明扼要地向您讲一讲您的角色。"他讲话的口气干巴巴的，好像莱斯并不存在，又好像仅仅是在完成一个单调的指令。"我没听明白。"莱斯说着向后退了一步。"这样更好，"高个子男人说，"在这种情况下，试图分析明白反倒没有益处；您会懂的，只要适应了这些聚光灯，您就会开心起来。您已经看过第一幕了，我知道，您并不喜欢。没人喜欢。可从现在开始，这出戏会变得好看起来。当然这也要看情况。""但愿能好看些，"莱斯说，他觉得自己恐怕理解错了，"可无论如何我该回座席了。"他已经又后退了一步，所以那灰衣男人轻轻挡住他的时候，他也没有太过吃惊，灰衣男人嘴里嘟囔了句"对不起"之类的话，却没有让开。"看来是我们没把话说清楚，"高个子男人说，"很遗憾，还差四分钟，第二幕就要开演了。我请求您好好听我把话说完。现在您就是霍维尔，是埃娃的丈夫。您已经看见了，埃娃和迈克尔一起给霍维尔戴了绿帽子，霍维尔很可能已经有所察觉，但他决定保持沉默，原因尚未明确。请您别动弹，这只不过是一顶假发。"这句劝告几乎毫无必要，因为灰衣男人和那个像哑巴一样的男人早已一左一右架住了他的双臂，不知又从哪里冒出一个又高又瘦的女孩，把一个暖暖的东西套在了他的头上。"你们肯定不想看见我大喊大叫一通，把剧场闹个天翻地覆吧！"莱斯说这话的时候竭力控制住自己，不想让声音发抖。高个子男人耸了耸肩。"您不会那样做的，"他疲惫地说，"那样做有失风度……不会的，我肯定您不会那样做的。此外，这顶假发您戴着太合适了，红头发很衬您。"明知自己不该说这个，莱斯还是说了："可我不是演员。"所有的人，连同那女孩，都微笑着鼓励他。"您说得很对，"高个子男人说道，"您完全知道这中间的区别。您不是演员，您就是霍维尔。待会儿等您到了台上，埃娃会在客厅里给迈克尔写信。您假装没有发现她把信纸藏了起来，也没看出她在掩饰自己的不安。从那儿往下，您爱怎么演就怎么演。露丝，眼镜给他。"我爱怎么演就怎么演？"莱斯边说边不动声色地想把胳膊挣脱出来，这时，露丝给他戴上了一副玳瑁框的眼镜。"不错，正是如此。"高个子男人无精打采地答道，莱斯甚至有些怀疑这人是不是每天晚上都会把这番话重复一遍。请观众就座的铃声响了，莱斯能看见舞台上布景职员跑来跑去的身影，灯光也变了；露丝突然不知去向。一种气恼的情绪占据了他的全身，不算剧烈，但让人很不痛快，与眼前的景象格格不入。"这简直是一场愚蠢的闹剧，"他竭力想摆脱这一切，"而且我警告你们……""我对此深表遗憾，"高个子男人低声说，"坦白说，我没想到您会这样。可既然您是这么想的……"这句话不能完全算是威胁，虽然三个男人这样把他团团围住，摆出的架势就是不听从他们摆布就得打上一架，可是在莱斯看来，这两件事都一样地荒谬，一样地虚假。"该霍维尔上场了，"高个子男人边说边指了指后台那条窄窄的过道，"只要您往那儿一站，您爱怎么演就怎么演，可如果您……那我们就只能深表遗憾了。"这句话他说得很亲切，甚至没有扰乱剧场里突然安静下来的气氛；天鹅绒的幕布拉开，发出簌簌的声响，瞬间他们被一股暖暖的气流包围。"可要是换了我的话，我会认真考虑考虑的，"高个子男人带着倦意又加了一句，"现在，请您上场吧。"三个男人簇拥着他来到了台口。一束紫色的光照得莱斯什么也看不见了；正前方的空间大得仿佛无边无际，左手边隐隐可见一片庞然的洞穴，仿佛含着一团巨大的被屏住的呼吸，那其中才是真实的世界，渐渐地，能分辨出一件件雪白的胸衣，也许还有各式各样的礼帽和高高耸起的发髻。他向前走了一步，也许是两步，只觉得两条腿不听使唤，正准备转身快步逃走，只见埃娃匆匆站起身来，向前走了几步，向他伸出一只手，那条胳膊白皙细长，紫色的光影里，胳膊尽头的那只手像是在空中飘浮着。那只手十分冰冷，莱斯觉得它在自己手中轻轻抽搐着。他被牵着来到舞台中央，茫然地听埃娃解释她怎么头疼，怎么喜欢光线暗一点，喜欢书房里这样静悄悄的，他在等她说完，他想上前几步，走到舞台前面，三言两语地告诉大家，他们都上当了。可埃娃仿佛在等他到沙发上去坐下，那沙发和这出戏的剧情和布景一样，都怪怪的，莱斯意识到，她又一次伸出手，带着疲惫的笑容邀请他，自己再这么站下去，不但不合情理，而且还有点儿粗鲁。坐在沙发上，他能更清楚地看见剧场里的前几排座位，灯光从紫色转成了橙黄色，勉强把那几排座位和舞台隔开，但奇怪的是，把身体转向埃娃，迎向她的目光，对莱斯来说反而更容易，在这一刻，除非他情愿陷入疯狂或是屈从于假象，他能做的决定本来就只有一个，却被这目光拖曳着滑向荒谬。"今年秋天的午后时光总显得没完没了。"埃娃说着，在矮桌上一堆书本和纸页中找出一只白色的金属盒，给他递来一支香烟。莱斯机械地掏出打火机，他只觉得戴着这假发和眼镜的自己越发滑稽可笑；然而，一次小小的点烟仪式和最初几口吞云吐雾仿佛给了他喘息的空当，让他可以在沙发上坐得更舒服一些，身体在看不见的冰冷群星的注视下已经紧绷到极致，此刻也可以放松下来。他听见了自己对埃娃的答话，毫不费劲，一字一句就像是自己在往外蹦，没有什么具体的内容；这是那种纸牌城堡式的对话，埃娃一点一点地给这座脆弱不堪的城堡砌起墙壁，莱斯则毫不费力，只顾把自己的牌一张一张插进去，橙黄色的灯光下，城堡越建越高，埃娃说了长长的废话，其中提到了迈克尔的名字（您已经看见了，埃娃和迈克尔一起给霍维尔戴了绿帽子），也提到了其他人的名字和一些地名，好像是迈克尔的妈妈（或者是埃娃的妈妈？）参加的一次茶会，然后是眼中带泪的急切辩白，最后是一个饱含殷切期望的动作，把身体倒向莱斯，好像是想拥抱他，或者是让他抱抱自己，就在朗声说完最后一句台词之后，她把嘴附在莱斯耳边低声说了句："求求你别让他们杀我。"接着又毫无过渡，用正常的职业嗓音抱怨自己被抛弃了，有多么孤独等等。舞台尽头响起了敲门声，埃娃紧紧咬住自己的嘴唇，就好像还有什么话没有说完（可这些都只是莱斯想到的，他当时心里一片混乱，实在来不及做出什么反应），然后她站起身去迎接迈克尔，后者进来的时候脸上还是第一幕里那副让人腻烦的笑容。来了一位穿红衣服的女人和一个老头：突然之间舞台上多出来好几个人，人们互相问候，说些恭维话，传递着消息。只要有人向他伸出手来，莱斯都会握上一握，然后赶忙坐回沙发上，再点燃一支烟，把自己保护起来；现在剧情的发展似乎与莱斯没了关系，观众满意地低声议论着迈克尔和其他有个性的演员说出的一句接一句绝妙的俏皮话，埃娃这时则忙着准备茶点，给仆人下达指令。也许这时他该走到台口，把香烟往地下一扔，用脚踩灭，抓紧时间大声宣布："尊敬的观众……"可他转念一想，等到大幕落下之后，自己再大步向前，揭露这一切都是弄虚作假，会不会更有风度一点（求求你别让他们杀我）。整件事情里好像一直存在着某种仪式感，顺着它行事并不困难，就这样，莱斯一面等候着那个属于自己的时刻，一面接过话头，和那位年老的绅士聊起了天，他接过埃娃给他递上的茶，埃娃递茶的时候故意不正眼看他，仿佛她能感觉到迈克尔和那位红衣女人正注视着她。一切都取决于你怎么去忍受、去消磨这段漫长的紧张时间，又怎样才能战胜这种把人变成傀儡的愚蠢联盟。他已经很容易觉察出，人们对他说的每一句话（有时是迈克尔，有时是那位红衣女人，现在埃娃几乎完全不跟他讲话了）都隐含着答案；都是让他这个傀儡按照要求做出回答，这样剧情才能够演绎下去。莱斯心想，只要给自己一点时间去控制局面，他就能和那帮演员对着干，回答出让他们难堪的话来，那岂不是很有意思；可他们是绝不会让他这样做的，他的所谓行动自由全是假象，绝不可能让他有什么非分的反抗念头，那样只会让他大出洋相。求求你别让他们杀我，这是埃娃对他讲过的话；听起来就像整件事情一样，荒谬至极。莱斯想，还是再等等好了。红衣女人说完最后一句精辟的警句，大幕落下，莱斯觉得演员们好像突然全都从一级看不见的台阶上走了下来，人也变小了，一个个脸上都没了表情（迈克尔耸了耸肩，背过身，顺着布景墙离去），互相之间连看都不看一眼，就纷纷从舞台离开，可莱斯看见了，红衣女人和那老头和和气气地挟持着埃娃向右边后台走去时，她向着他把头转了过来。他想跟过去，隐隐希望能进到她的化妆间里，和她单独聊一聊。"真棒，"高个子男人说着还拍了拍他的肩膀，"非常漂亮，说实话，您演得太棒了。"他朝幕布那边指了指，那里还响着掌声的尾巴。"他们真的很喜欢您。咱们得去喝上一杯。"另外两个男人站在稍远处，脸上堆满可亲的笑容，莱斯放弃了随埃娃过去的念头。高个子男人打开第一道走廊尽头的一扇门，走进一个小房间，里面有几把快散架的椅子、一个柜子、一瓶已经喝过一点儿的威士忌和几只漂亮的雕花玻璃酒杯。"您演得太棒了。"高个子男人又说了一遍，大家围着莱斯坐了下来。"加点儿冰块，对吧？这会儿任谁肯定都嗓子冒烟了。"不等莱斯推辞，灰衣男人就给他递过来几乎满满一杯威士忌。"第三幕要难一点，可同时对霍维尔来说又是更好玩的一幕，"高个子男人说，"您已经能看出来这剧情是怎么发展的了。"他开始讲解剧情，讲得清晰利索，毫不拖泥带水。"从某种意义上来说，您把剧情搞得更复杂了，"他说，"我从来没有想象过霍维尔会在他老婆面前表现得这么消极被动，要换我肯定会是另外一种反应。""您会怎么反应？"莱斯干巴巴地问了一句。"哦，亲爱的朋友，这样问可不好。我的意见会干扰您做出自己的决定，因为您早已胸有成竹了。不是吗？"莱斯没有说话，他又继续说道："但我现在跟您说这些，正因为它不是一件可以胸有成竹的事情。我们大家都太满意了，下面的戏可不能演砸了。"莱斯长长地喝了一大口威士忌，说："可是第二幕之前您亲口跟我说的，我爱怎么演就怎么演。"

灰衣男人哈哈大笑起来，可高个子男人看了他一眼，他立刻露出抱歉的神情。"任何冒险，或者您要是愿意，把它叫作撞大运也行，都得有个限度，"高个子男人说，"从现在开始，我请您一切按我的吩咐去做，您就理解为您在一切细节上仍然享有最大限度的自由吧。"他张开右手，掌心朝上，端详了许久，另一只手的食指在这只掌心上一下下地点着。两杯酒之间（他们又给他斟满了一杯），莱斯听到了给约翰·霍维尔的指令。借着酒劲，借着一股慢慢回归自我的劲头，他心里涌上一股冷静的愤恨，他没费多大气力就发现了这些指令的含义，为了最后一幕，让剧情引向一场危机。"我希望一切都已经讲得明明白白了。"高个子男人说着，用手指在掌心画了一个圆圈。"明明白白，"莱斯说着站起身来，"可我倒想知道，到了第四幕……""咱们别把事情弄混了，亲爱的朋友，"高个子男人说，"下一次幕间休息的时候我们再来谈第四幕的事，现在我想提醒您的是，要集中精力演好第三幕。哦，请把上街穿的外套拿过来。"莱斯感觉到那个哑巴男人上来解他夹克衫的扣子；灰衣男人从橱柜里取出了一件粗花呢外套和一双手套，在三个男人欣赏目光的注视下，莱斯换好了衣裳。高个子男人早已把门打开等候着，远远地传来铃声。"这可恶的假发热死了。"莱斯想着，把威士忌一饮而尽。他几乎是一出门就置身于陌生的布景之中，胳膊肘那里有人客客气气地推着他，他一点也没抗拒。"还没到时间，"身后，那个高个子男人发了话，"您记住，公园里会有点儿冷。您最好把外衣领子竖起来……走吧，该您上场了。"小路旁的一条长凳上，迈克尔起身朝他走来，开着玩笑向他问好。他应该被动地回答一声，然后再聊一聊摄政公园的秋天多么美好之类的话题，一直等到正在那边喂天鹅的埃娃还有那位红衣女人走过来。莱斯头一回加重了语气，别说旁人，就连莱斯自己都有点吃惊。观众看来是挺欣赏的，迈克尔被迫转为守势，把看家本领都使出来以摆脱困境；突然，莱斯假装要避风，转过身去背对着他，点燃了一支香烟，他从眼镜上方看过去，只见那三个男人站在后台，高个子男人挥起手臂朝他做了个威胁的手势。他从牙缝里笑了一声（他应当是有点儿醉了，心情愉快，此外那人挥手臂的姿势让他觉得实在很有意思），然后才回过身来，把一只手放在了迈克尔的肩上。"公园里有那么多赏心悦目的风景，"莱斯说，"我实在不懂，在一座伦敦的公园里，怎么可以把时间消磨在天鹅和情人身上。"观众笑得比迈克尔更开怀，后者的兴趣此刻都落在埃娃和红衣女人的到来上。莱斯毫不迟疑，继续他的反抗，仿佛在施展一套疯狂而荒唐的剑术，把那些指令通通扔到脑后，而他的对手们也都是些极其机敏的演员，他们竭尽全力想让他回归到自己的角色中去，有几次他们差不多就成功了，可他总会又一次脱逃，为的就是以某种方式去帮助埃娃，他也不知道为什么要这样做，可他告诉自己（他还会笑出声来，都是威士忌惹的祸），他眼下所做的一切改变，都将不可避免地影响到最后一幕（求求你别让他们杀我）。其他人肯定已经意识到他的目的，他只要从眼镜上方朝左边后台看过去，就可以看见那高个子男人怒形于色，舞台内外都在同他和埃娃作对，那些人插在中间不让他们交流，连一句话都不让埃娃对他讲，现在那位年老的绅士带着个脸色阴沉的司机上场了，舞台上出现了片刻的安静（莱斯想起了那些指令：一个小小的停顿，接下来要说的是买股票的事，然后由红衣女人说一句揭示真相的话，大幕落下），在这个空隙，迈克尔和红衣女人必须走开，让绅士给埃娃和霍维尔讲讲股票交易的事情（说起来，这出戏里头真是什么都不缺），一种想再搞点儿破坏的幸灾乐祸的欲望在莱斯全身奔涌。他脸上带着对那些风险投机毫不掩饰的轻蔑表情，挽起了埃娃的胳膊，绅士脸上仍然带着微笑，却怒火中烧，他摆脱了绅士的纠缠，和她一起走开，身后传来一段妙趣横生的话语，那是专门编出来应付观众的，与他毫无关系，然而埃娃的话和他有关，有短短一瞬，一股温暖的气息紧贴着他的面颊，她用真实的嗓音轻声对他说："直到剧终都别离开我。"她的话被一个本能的动作打断了，她习惯性地去回应红衣女人的质问，红衣女人一把拖开霍维尔，直面着他，说出了那句揭示真相的话。没有停顿，本来红衣女人是需要一点儿停顿，调整最后这句话的指向，为之后将要发生的事情做一点铺垫的，但是没有停顿。莱斯看见幕布落了下来。"蠢货。"红衣女人说了句。"过来，弗洛拉。"下这个命令的是那个高个子男人，他紧挨着站到莱斯身边，后者正露出满意的微笑。"蠢货。"红衣女人重复了一遍，她抓住埃娃的胳膊，埃娃低下头，好像这里的一切都已与她无关。莱斯正满心欢喜，突然被人推了一把。"蠢货。"这回是高个子男人说的。莱斯头上被猛地扯了一把，但他自己摘下眼镜，递给高个子男人。"那威士忌味道不坏，"他说，"如果您现在想告诉我最后一幕的指令的话……"又是猛地一推，差点儿把他推倒在地，等他带着恶心站直身体，已经跌跌撞撞地走进了一条昏暗的过道；高个子男人不见了，另外两个男人用身体推搡着，迫使莱斯向前走去。前方是一扇门，高处亮着一盏橙红色的灯。"换衣服。"灰衣男人说着把莱斯的外衣递给了他。还没等他穿上夹克衫，他们就一脚踹开了门；莱斯磕磕碰碰地跌进外面人行道上，一条寒气逼人的小巷，一股垃圾的恶臭。"这帮狗娘养的，我会得肺炎的。"莱斯想着，把手插进口袋里。小巷比较遥远的一头有灯光闪动，传来汽车声。走到第一个街口（他们倒没把他身上的钱和证件搜走），莱斯认出了剧场的大门。没人能阻止他坐在自己的位子上看完最后一幕，他走进了剧场暖和的休息室，酒吧里烟雾缭绕，人们聊着天；他还有时间再喝上一杯威士忌，可他觉得脑子里空空的。大幕升起之前，他暗中思忖，谁会在最后一幕里扮演霍维尔这个角色，会不会再有哪个倒霉蛋先受到礼遇，继而受到威胁，最后被戴上那副眼镜呢；但是看来每天晚上的把戏都会以同样的方式收场，因为他很快就认出了第一幕中那个男演员，他在书房里看信，然后默不作声地把信递给埃娃，埃娃穿了条灰色的裙子，脸色苍白。"真不像话，"莱斯转向坐在他左边看戏的人，评论道，"他们怎么能戏演到一半换演员呢？"那人乏乏地叹了口气。"现在这些年轻剧作家让人看不懂，"那人回应道，"一切都是象征，我猜是这样的。"莱斯在座位上坐得更舒服了些，他听见观众群里传来议论声，看来他们并不像他身边这位一样好说话，随便就接受了霍维尔外形上的变化，他心怀恶意地咀嚼其中的滋味；不过，观众很快被剧场里的气氛吸引，那个男演员很棒，剧情推进之迅速连莱斯都感到吃惊，他陷入了一种尚算是愉悦的漠然之中。信是迈克尔写来的，他告知他们，他已经从英国启程了；埃娃看完后默默地把信还了回去，能感觉得到她在掩饰自己的哭泣。直到剧终都别离开我，埃娃对他说过。求求你别让他们杀我，这话虽荒谬，也是埃娃说过的。观众席上舒适惬意，坐在这里，很难想象在眼前这个实在不怎么样的舞台上她能出什么事；不过是上演一场持续哄人的戏码，充斥着假发和画出来的树木。果然是那不可或缺的红衣女人打破了书房里忧伤的静寂，静寂中霍维尔的宽恕也许还有爱意都一一表露，他一副漫不经心的样子，把信撕掉，投进火炉。当然那红衣女人还暗示说，所谓迈克尔启程其实是个策略，而霍维尔虽说表露出对她的轻蔑，但这并不妨碍他彬彬有礼地邀她一同喝茶。看见仆人端着茶盘上场，莱斯心中涌上一股隐隐的快意；喝茶好像成了剧作家的万用桥段，特别是现在，那红衣女人手里把玩着一只在浪漫喜剧里经常出现的小小酒瓶，在一位伦敦律师的书房里，灯光莫名其妙地暗了下来。电话铃响了，霍维尔风度翩翩地接起电话（可以预见，股票又跌了，或者出了别的任何一件麻烦事，这场戏就此收场）；茶杯往来传递，人人脸上都挂着恰如其分的微笑，这些都是要出大事的兆头。埃娃把茶杯举到嘴边的一刻，霍维尔做了个在莱斯看来很不合适的表情，她的手一抖，茶泼在了灰色的裙子上。埃娃一动没动，有点可笑；大家的表情都有了一瞬的凝滞（这时莱斯已经不由自主地站起身来，他身后有人不耐烦地发出嘘声），红衣女人一声惊叫，盖住了嘘声，也打断了霍维尔，他举起一只手正要说什么，这惊叫声也吓住了埃娃，她转过头去面向观众，仿佛不敢相信，接着侧过身子倒在沙发上，几乎平平地躺了下来，她这个缓慢的动作仿佛让霍维尔有所察觉，他突然向右边的后台跑去，而莱斯没能看见霍维尔跑掉，因为在其他观众都还一动没动的这一刻，他已经顺着中间的过道飞奔而去。他三步并作两步纵身跑下台阶，准确无误地把存根递进衣帽间，取回自己的大衣；跑到门口时，他听见剧终时的喧哗声，剧场里响起了掌声，人声鼎沸；剧场的一位工作人员顺着台阶跑上楼。他朝着基恩街跑去，路过剧场旁边那条小巷口的时候，他似乎看见一团黑影正紧紧贴住墙壁向前移动；他被撵出来的那扇门半开半掩，可是莱斯还来不及细看那里的情况，就已经跑到了灯火通明的大街上，他并没有远离剧院，而是顺着金斯威街一路跑下去，他想，绝不会有人能想到在剧院附近找他。他拐进河岸街（他把大衣领子竖了起来，双手插在衣兜里，疾步而行），直到迷失在法院巷附近那一大片小巷子里，才感到了一阵无法解释的轻松。他靠在一堵墙上（他有点气喘吁吁，只觉得衬衣被汗浸湿了，贴在身上），点燃了一支香烟，这才穷尽能想到的一切词语，向自己提出一个明明白白的问题：为什么要逃跑。还没等他想出答案，越来越近的脚步声就打断了他的思路，他边跑边想，如果能到河对岸去（这时他已经跑到了离黑衣修士桥不远的地方），就有救了。他躲在一个门洞里，远远避开照亮通往水门出口的街灯。突然间，嘴上一烫；他早已忘了自己还叼着烟，这时一把揪了下来，觉得仿佛把嘴唇都撕破了。四下里一片寂静，他试图重新思考那些还没有答案的问题，可不巧的是，这一回又被那个念头打断了：过了河才算平安。可这一点儿都不合逻辑，那些追踪他的脚步声也完全可以追过桥去，追到对岸任何一条小巷子里；然而他还是选择了过桥，他跑的方向正好顺风，那条河被抛在了身后，他跑进一组迷宫似的街区，连他自己也不认识，直到最后跑进一个灯光暗淡的所在；这是他今晚第三次停下脚步，停在了一个又窄又深的死胡同里，他终于能直面那个最重要的问题了，可他知道自己绝对找不到问题的答案。求求你别让他们杀我，这话是埃娃对他讲的，虽然他很笨，力量也很有限，但也算是尽力了，可他们还是一样要把埃娃杀掉，至少在戏里他们已经这样做了，而他之所以要逃跑，是因为这出戏不可能就这么落幕，茶就那么不巧泼在了埃娃的灰色裙子上，埃娃滑倒下来，平平地倒在了沙发上；一定是发生了另一件事，只是他不在场，无法阻止罢了，直到剧终都别离开我，埃娃曾这样恳求，可他们把他赶出了剧院，不让他看见那终将发生的一幕，而他却笨到重新坐回观众席，观看着却懵懵懂懂，或许只是从另一个角度，从他自己的恐惧与逃避之中看懂了，而现在，他整个人就如同肚子上横流的汗水一样黏黏糊糊，满是自我厌恶。"可我和这事儿没什么关系呀，"他这样想，"什么也没发生。这样的事情根本不可能发生。"他认认真真地一遍又一遍告诉自己：怎么可能有人那样来找自己，向他提出那么愚蠢的建议，又那么和蔼可亲地威胁他；他身后的脚步声可能是某个流浪汉在四处乱逛。一个红发男人停在了他面前，没有看他，只是用一个神经兮兮的动作取下了眼镜，在衣领上擦了擦，又重新戴上，只不过长得有点儿像霍维尔而已，意思是，长得有点儿像那个饰演霍维尔、使茶泼在埃娃裙子上的演员。"把假发扔了吧，"莱斯说，"你现在这样走到哪里都会被人认出来的。""这不是假发。"霍维尔说（管他是叫史密斯还是罗杰斯呢，他已经记不起来节目单上那人叫什么名字）。"我真傻。"莱斯说。稍微动动脑子就不难想到，他们当然是事先准备好了一副和霍维尔的头发一模一样的假发，眼镜也是按照霍维尔的仿制的。"该做的您都做了，"莱斯说，"我当时就在观众席里坐着，我全看见了；所有的人都会为您作证。"霍维尔颤抖着，靠在墙上。"不是为这个，"他说，"这有什么要紧呢，反正他们总是会得逞的。"莱斯垂下了头，一股难以抗拒的困乏压得他喘不过气来。"我也想救她，"他说，"可他们不让我把戏演完。"霍维尔怨恨地看了他一眼。"每回都是这样，"他仿佛是在自言自语，"业余的都这样，他们总是自以为可以比别人演得更好，可到了最后，什么用都没有。"他竖起夹克衫领子，双手插在衣兜里。莱斯真想问他一句："什么叫每回都是这样？如果确实如此，我们又为什么要逃跑呢？"一声口哨传进小巷，直追他们而来。他们一起跑了好长时间，一直跑到一个小小角落才停了下来，那里有一股刺鼻的石油味儿，是那种停滞不流的河水的气味。他们躲在一堆货物背后休息了一会儿；霍维尔喘得活像一条狗，莱斯跑得腿肚子都抽了筋。他艰难地用一条腿支撑着，靠在货物上揉了揉腿肚子。"可事情也许并没有这么糟糕，"他说，"按照您的说法，每回都是这样。"霍维尔伸出一只手堵住他的嘴，又传来两声口哨。"我们各跑各的吧，"霍维尔说，"也许有一个人能逃脱。"莱斯知道他说得有道理，可他还是想让霍维尔先回答他的问题。他抓住霍维尔的一只胳膊，用力把他拉了过来。"您不能让我就这样走掉，"他央告，"我不能一直这样糊里糊涂地逃下去。"货物里一股柏油味儿，他手中空空，什么也没抓住。一阵脚步声渐渐远去，莱斯弯下腰，给自己鼓了鼓劲，朝相反方向跑去。路灯下，他看见一个普通得不能再普通的名字：玫瑰巷。远处便是那条河，还有一座桥。总会有桥，总会有街道，让他跑下去。

万火归一

等哪天立了自己的雕像就会是这个模样，总督一面不无讽刺地想着，一面举起胳膊，摆出问候的姿势，僵立在一连两个小时的竞技和高温后依然毫无倦意、欢呼不止的公众之中。时候到了，这是他承诺过的意外惊喜；总督放下手臂，看向他的妻子，妻子带着节庆日那种空洞的微笑回望着他。伊蕾妮并不知道接下来的节目，却显出了然于心的神色，一旦学会了用总督所憎恶的那种无动于衷去承受主子的各种奇思怪想，即便是意外她也都能习以为常。她不用转过身去看竞技场，便预见到大局已定，接下来的事情会一如既往地残忍。葡萄园主利卡斯和他妻子乌拉妮娅最先喊出了一个人的名字，人群立即不断应和。"这是我特意为你准备的惊喜，"

总督说，"大家向我保证，你喜欢这个角斗士的风格。"伊蕾妮脸上依然挂着不变的微笑，点点头表达谢意。"尽管讨厌这样的游戏，你还是出席了，我们大家都倍感荣幸，"总督接着说道，"我唯有努力把最讨你欢心的东西献给你，才恰如其分。""你是世间的盐！"利卡斯高声喊道，"你把战神的化身带到我们这个卑微的行省竞技场！""你现在看到的还只是一半。"总督借葡萄酒杯润了润嘴唇，再把酒杯递给妻子。伊蕾妮饮了一大口，仿佛淡淡的酒香能驱走那久久不散的浓烈血腥和粪便味。竞技场上突然一片寂静，全场期待中，马尔科的身影异常鲜明，他走到了场地中央；一缕阳光透过古老的帷幔斜射下来，在他的短剑上映出一道寒光，他漫不经心地在左手上提了一面青铜盾牌。"你该不会是想让他同斯米尔纽的胜利者对决一场吧？"利卡斯兴奋异常地问道。"不只如此，"总督答道，"我想让你们这个行省因这场比赛而记住我，也想让我妻子不再无聊。"乌拉妮娅和利卡斯鼓起掌来，期待着伊蕾妮的回应，可她只是默默地把酒杯递给了奴隶，全然不在意第二名角斗士上场而引发的如雷欢声。马尔科一动不动，同样漠然地身处对手得到的欢呼之中；他用剑尖轻轻敲击着金色胫甲。

"你好。"罗兰·勒努瓦边说边拣出一支香烟，这是他每次拿起电话以后必做的动作。听筒里有串线的杂音，有个人在念数字，突然间又沉寂下来，可这沉寂比电话遮在耳孔上的黑暗还要难以捉摸。"你好。"罗兰又说了一遍，把烟架在烟灰缸边，在睡衣口袋里摸火柴。"是我。"电话里传来让娜的声音。罗兰眯起眼睛，乏乏地伸展身体，换了个更舒服的姿势。"是我。"让娜徒劳地重复道。罗兰一直不答话，她又加了一句："索尼娅刚从我这儿离开。"

按照规矩他此刻应该把目光投向帝王包厢，像往常一样行礼致敬。他知道自己必须这样做，这样他将看见总督夫人，当然还有总督，也许总督夫人会像最近几场竞技时一样，对他莞尔一笑。他不用思考，他几乎不会思考了，可本能告诉他这个场地不好，在这巨大的古铜色环形场地上，栅栏和棕榈树叶掩映着一条条弯曲的信道，此前打斗的留痕使得信道更为幽暗。前一天夜里他梦见一条鱼，梦见残破的柱子之间有一条孤零零的小路；就在他披挂上阵的时候，有人在低声说，总督不会付给他金币。马尔科懒得去打听，又有个人不怀好意地大笑起来，没有向他转身，便直接走远了；后来，第三个人对他说，刚才那位是他在马西利亚杀死的那个角斗士的兄弟，可这时他已经被推上了信道，推向外面人声鼎沸的竞技场。天气热得让人受不了，头盔沉甸甸的，把阳光反射到帷幔和看台上。一条鱼，残破的柱子；那晦涩难懂的梦境，遗忘的深渊使他无从解读。帮他穿戴盔甲的人告诉过他，总督不会付给他金币；今天下午总督夫人也许不会冲他微笑。他对场上的欢呼无动于衷，因为此时的欢呼是为了他的对手，相较而言，不如片刻前为他发出的欢呼热烈，可其中又夹杂着若干惊呼，马尔科扬起头，向包厢看去，而伊蕾妮已经转过身，正同乌拉妮娅说话，总督在包厢里漫不经心地做了个手势，他立刻绷紧全身，手紧紧地握住了短剑的剑柄。现在他只要把目光投向对面的过道；但他的对手并没有出现在那里，却是平时放出猛兽的那个黑黢黢的通道口的栅栏门升起来，嘎吱嘎吱地响着，终于，马尔科看见了努比亚持网角斗士巨大的身影，在此之前布满苔藓的石壁隐匿了对手的身形；突然间他确定无疑地知道，总督是不会付给他金币的，他猜到了鱼和残破的柱子的含义。与此同时，对他来说，对手和他谁胜谁负已经不重要了，这是他们的职业，是命运，但他的身体还是绷紧了，仿佛他在害怕，他身体里有什么东西在问，为什么对手会从猛兽的通道出来，观众的欢呼中夹杂着同样的疑问，利卡斯向总督提出了这个问题，总督对这个出其不意的安排笑而不答，利卡斯笑着抗议，觉得有必要把赌注下在马尔科一边；不用听他们接下来的对话，伊蕾妮就知道总督一定会加倍下注赌那个努比亚人赢，然后和蔼可亲地看着她，让人给她上一杯冰镇葡萄酒。而她也一定会边喝酒边与乌拉妮娅评论一番那个努比持网角斗士的身材，评论他有多凶猛；每一个动作都已经事先设定好了，尽管人们自己并不知道，尽管细节有些出入，比如也许会没有这杯葡萄酒，或者乌拉妮娅欣赏那个彪形大汉时嘴型不同。利卡斯无数次观看过这类竞技赛事，是位行家，他会指给她们看那努比亚人穿过关猛兽的栅栏门时，头盔甚至擦过了高悬在门顶端、离地面足有两米的铁刺，他也会大加赞赏那人把鳞状渔网搭在左臂上的动作多么干净利落。自从很久以前的那个新婚之夜起，伊蕾妮就让自己缩回到内心的最深处，这一次也一如既往，同时表面上她顺从着，微笑着，甚至在尽情享受；在那自由而了无生气的深处，她感受到了死亡的征兆，总督将它伪装在一场公众娱乐的意外惊喜中，唯有她，也许还有马尔科，能领会这征兆，可此刻的马尔科，严峻，沉默，机械，他是不会明白的了，他的身体，在另一个午后的竞技场上她曾如此渴望的身体（这一点总督早已猜到，他从第一刻起就猜到了，一如既往，无须他那些巫师的帮助），将为纯然的幻想付出代价，因为她多看了一眼那个被一剑封喉而死的色雷斯人的尸体。

在给罗兰打电话之前，让娜的手翻过一本时尚杂志，把玩了一小瓶安定药片，还摸了摸蜷缩在沙发上的那只猫的脊背。接着罗兰的声音说："你好。"声音带些困倦，突然间让娜有种荒谬的感觉，她想对罗兰说的话会让自己变成一个不折不扣的电话怨妇，而那唯一的听众面带嘲讽，在屈尊俯就的沉默中抽着烟。"是我。"让娜说，这句话更像是对她自己说的，而不是对着电话那头的寂静说，在这片寂静里，些许杂音仿若声音的火花在跳动。她看了看自己的手，这只不经意地摸过小猫又拨出号码（电话里不是还能听见号码的声音吗？难道不是有一个遥远的声音在向某个人报着数字，而那个听的人一言不发，在顺从地抄写吗？）的手，这只刚刚举起又放下镇静剂药瓶的手，她不愿意相信这就是她自己的手，也不愿意相信那个刚刚又说了一遍"是我"的声音就是自己的声音，这是她的最后一道防线了。为了尊严，什么话也别说，慢慢把电话挂上，一个人待着，干净利落。"索尼娅刚从我这儿离开。"让娜说，防线崩溃，荒谬开始，安逸舒适的小小地狱。

"哦。"罗兰说，一边擦着了火柴。让娜清清楚楚地听见了擦火柴的声音，就好像同时看见了罗兰的脸，他吸着烟向后靠去，两眼半睁半闭。渔网从那黑巨人手中扬起，像是一道波光粼粼的河流，马尔科堪堪避开。要是在从前——总督心中有数，他侧过头去，只让伊蕾妮看见他的笑容——马尔科一定会在瞬息之间抓住持网角斗士的弱点，用盾牌格挡长长的三叉戟的威胁，逼上前去，发出闪电般的一击，直扑对手毫无防备的胸膛。可马尔科仍然待在战圈之外，他弯曲着双腿，仿佛准备一跃而起，这时努比亚人飞快地把渔网收了起来，准备发动新的一击。"他完了。"伊蕾妮想道，她并没有看总督，后者正从乌拉妮娅递过来的盘子里挑拣甜点。"这不像之前的他了。"利卡斯想着，心疼自己下的赌注。马尔科微微弯下腰，两眼紧盯围着他打转的努比亚人；所有人都预感到的结局，只有他一无所知，他蹲伏着，无疑是在等待下一次机会，只是此前没能完成他的技艺所要求的行动让他有些迷茫。他需要更多的时间，比如胜利之后在酒馆的欢庆时刻，也许到那时才能理解为什么总督不会付给他金币。他沉着脸，等待下一个有利的时机；也许只有到了最后，等他把一只脚踏在持网角斗士的尸体之上时，他才能再一次看见总督夫人的微笑；可现在他没有这样想，而这样想的人却不再相信马尔科的脚能踏上被割喉的努比亚人的胸膛。

"有话快说，"罗兰说，"除非你想让我整整一下午都听这家伙给鬼知道是谁的什么念数字。你听见了吗？""听见了，"让娜答道，"这声音听上去好远。三百五十四，二百四十二。"有那么一会儿，只余这个遥远单调的声音。"不管怎么着，"罗兰说，"他总归拿着电话在做点事情。"回答是可以预想到的，她会说出第一声抱怨，可让娜令沉默延续了几秒钟，才重复道："索尼娅刚从我这儿离开。"她迟疑了片刻，又补充说："她大概快到你家了。"罗兰大吃一惊，索尼娅没什么道理要到他家来。"别撒谎。"让娜说这话时，猫从她手里跳了出去，恼怒地看着她。"这不是谎话，"罗兰说，"我说的是时间，不是说她来或者不来。索尼娅知道，我不喜欢这个时间有人来访或者打电话。"八百零五，远远地，那个声音还在报数。四百一十六。三十二。让娜闭上双眼，等待着那个匿名者的声音第一次停顿，让她能够把余下的唯一的话说完。要是罗兰把电话挂了，至少在电话线的远方依然有那个声音，她还可以把电话附在耳边，在沙发里越陷越深，抚摸那只重新趴回她身旁的小猫，把玩药瓶，聆听数字，直到那个声音也累了，最后归于虚无，纯然的虚无，仿佛在手指间越来越沉重的不是听筒，而是某种死亡之物，应该看也不看就立刻丢掉。一百四十五，那声音还在报着数。更遥远的地方，有个人，仿佛一幅小小的铅笔素描，可能是一个腼腆的女人，在两声杂音之间问了句："北站？"

他第二次躲开了渔网，可在向后一跃时估算失误，在一摊湿漉漉的沙土上滑了一下。马尔科颇有些费力地用短剑划出一道弧线，挡开了渔网，又伸出左臂，用盾牌截住了三叉戟重重的一击，观众的心一下子被提到半空。总督没去理睬利卡斯兴奋不已的评点，把头转向了不为所动的伊蕾妮。"机不可失，时不再来。"总督说道。"没机会了。"伊蕾妮回答道。"这不像之前的他了，"利卡斯又说了一遍，"这样下去他要吃亏的，那个努比亚人不会再给他机会了，看看他的样子。"远处，马尔科几乎一动不动，他好像已经意识到了自己所犯的错误；他高高举起盾牌，眼睛一眨不眨地盯住已经被收回的渔网，盯住在他眼前两米远处晃动着、仿佛在施加催眠术的三叉戟。"你说得有道理，这确实不像之前的他了，"总督说，"你是把赌注下在他身上了吧，伊蕾妮？"马尔科伏下身，随时准备跃起，他在皮肤上、在胃的深处感觉到，他已经被人群抛弃了。假使他能有片刻的镇定时间，他也许能解开那让他手足无措的心结，解开那看不见摸不着的锁链，那锁链来自他身后遥远的、他不知所在的某处，有时是总督的殷勤，是一笔非同寻常的酬金的许诺，也是一个梦境，梦里有一条鱼，而在这已经容不得他有半点迟疑的时刻，眼前晃动的渔网仿佛把从天幕缝隙里漏进来的每一缕阳光都网罗其中，他感到自己正是梦中的那条鱼。一切都是锁链，一切都是陷阱；他威胁似的猛然直起身，观众报以掌声，而那持网角斗士第一次向后退了一步，马尔科选择了唯一的路，困惑和汗水和血腥味，以及面前必须战胜的死亡；有人在微笑的面具后替他把什么都想到了，有人越过那个奄奄一息的色雷斯人的躯体安排了一切。"毒药，"伊蕾妮想，"总有一天我会找到毒药，可现在，接受他递来的这杯酒吧，变得比他强大，等候你的时机。"遥远的声音重复着数字，断断续续地回响在那条阴暗凶险的通道里，通道不断延长，通话的停顿随之延长。让娜一直笃信人们真正想传递的信息往往在话语之外；对那些用心聆听的人来说，或许这些数字蕴藏着更丰富的含义，超过了其他所有的表达，就像索尼娅香水的味道，她临走前手掌在自己肩头的轻抚，比她的话更意味深长。但索尼娅自然不会满足于加密的信息，她想要的是一字一句、淋漓尽致。"我懂，对你来说，这很残酷，"索尼娅再一次说道，"可我讨厌装模作样，我宁可跟你实话实说。"五百四十六，六百六十二，二百八十九。"她去不去你家我不在乎，"让娜说，"现在我什么都不在乎了。"没有报另一个数字的声音，只有一阵长长的寂静。"你在听吗？"让娜问道。"我在听。"罗兰说着把烟头扔进烟灰缸，又从容地去够白兰地酒瓶。"我不明白的是……"让娜开了个头。"拜托，"罗兰说，"事到如今谁都弄不明白，亲爱的，再说，就算明白了又能怎么样呢。我很抱歉，索尼娅太着急了，这事情不该由她来告诉你的。该死，这些数字怎么没完没了的？"那小小的声音让人想到组织严密的蚂蚁世界，在那片渐渐迫近、越发厚重的寂静之下，那声音继续有条不紊地报数。"可是你，"让娜毫无章法地说，"总之，你……"

罗兰啜了口白兰地。他一向喜欢斟酌字句，不讲一句多余的话。而让娜会把同一句话翻来覆去地讲，每次将重音放在不同的地方；就让她讲吧，让她一遍又一遍地讲好了，正好让他组织起最简洁明智的回答，理顺她可悲的感情冲动。在一次佯攻和侧面冲击后，他深吸了一口气，站直身子；冥冥之中有什么告诉他，努比亚人会改变进攻的顺序，这一回他会先出三叉戟，后撒开渔网。"看好了，"利卡斯给他的妻子解说道，"我在阿普塔尤利亚看他玩过这一手，他总能把对手耍得晕头转向。"马尔科不做防备，全然不顾自己已经进入对手渔网的攻击范围，径直向前猛扑，最后关头才举起盾牌，去抵挡从努比亚人手中闪电般抛出的那片亮闪闪的河流。他拦截住了渔网的边缘，可那三叉戟在下路刺来，马尔科的腿上喷射出鲜血，而他的剑太短，只是徒劳地架住了三叉戟的木柄，发出一声闷响。"你看，我说吧。"利卡斯大声喊道。总督全神贯注地看着那条受伤的腿，鲜血已经染红了金色胫甲；他几乎是有点怜悯地想，伊蕾妮会很想爱抚这条腿，寻找这腿上的力量和温度，她会发出呻吟，就像每次他把她紧紧搂住弄疼她的时候一样。今天晚上他就要把这话讲给她听，研究她的面孔，寻找那张完美面具的破绽，这样会很有趣，她肯定还会故作漠不关心，一装到底，就像现在，在这突如其来的结局刺激下，满场的平民都在兴奋地号叫，她却还能装出一副对这场决斗饶有兴致的斯文模样。"好运已经抛弃了他，"总督对伊蕾妮说，"我甚至有些自责，把他带来这个行省竞技场；看得出，他把他的一部分丢在罗马了。""他身上剩下的东西就要丢在这里了，连同我下在他身上的赌注。"利卡斯笑道。"拜托，别这样，"罗兰说道，"我们明明今晚就可以见一面，却还这么在电话里说来说去，这太荒唐。我再说一遍，是索尼娅太着急了，我本来不想让你受这样一个打击。"蚂蚁停止了听写数字，让娜的声音清晰，从中听不出要哭的意思，罗兰本以为会面对她疾风暴雨般的指责，也预备好了一套说辞，这一来倒很出乎他意料。"不想让我受打击？"让娜说，"撒谎，当然了，你无非就是想再多骗我一次。"罗兰叹了口气，放弃了原先准备好的答话，那样下去只会让这令人厌倦的谈话没完没了。"对不起，不过你要是一直这样，我就挂电话了。"他说，话里第一次有了点儿亲切的口吻。"要不我明天过去看看你，不管怎么说，我们都是文明人吧，真是活见鬼了。"远处，那蚂蚁又念叨开了：八百八十八。"你别来，"让娜说，她的话和数字混在一起听上去挺好玩的，你八百别八十八来，"你永远都不要再来了，罗兰。"那一套夸张的戏剧，可能会拿自杀相威胁，就像玛丽·若瑟那回一样无聊，像所有那些把一切都搞得悲悲切切的女人一样无聊。"别犯傻了，"罗兰劝道，"明天你就会想通的，这对我们两个人都好。"让娜沉默，蚂蚁这回念的全都是整数：一百,四百,一千。"那好，明天见。"罗兰说这话时正欣赏着索尼娅身上的裙子，她刚刚打开门，站在那儿，脸上半是疑问半是嘲笑。"她倒挺会抓紧时间给你打电话的。"索尼娅边说边放下手提包和一本杂志。"让娜，明天见。"罗兰重复了一遍。电话线里的沉默像一张绷得紧紧的弓，直到一个遥远的数字将其打断：九百零四。"我真是受够这些愚蠢的数字了！"罗兰用尽全身气力喊道，在把听筒从耳际拿开之前，他听见另一端传来咔嚓一声，那张弓射出了毫无敌意的一箭。马尔科无法动弹，他知道那张渔网随即就会把他裹住，而他无从躲避，他面对着那个努比亚巨人，过短的剑举在他伸直的臂膀的尽头。努比亚人两次把渔网张开又收起，找寻着最佳位置，他抢起渔网打旋，仿佛是想让全场观众继续吼叫、鼓动他干掉对手，他压低三叉戟，侧身发力强势一击。马尔科高举盾牌，径直向渔网扑了过去，他像一座塔楼撞碎在一团黑色之上，短剑插进了什么东西里面，从上方发出一声嘶吼；沙土扑进了他的嘴巴和双眼，渔网徒然地落在垂死的鱼身上。

小猫对让娜的爱抚无动于衷，它无法感觉出让娜的手在微微颤抖，越来越凉。手指拂过它的皮毛又停下，忽然间一阵抽搐，接着抓了一下，小猫发出高傲的抗议；之后它仰面躺下，挥舞着爪子，每一次它这样让娜都会笑出声来，可这次它的期待落空了。让娜的手一动不动地搭在小猫旁边，只有一根手指好像还在寻找着小猫身上的体温，从皮毛上一划而过，停在了小猫身侧和滚到那里的药瓶之间。胃部被刺中的努比亚人惨叫着后退一步，在这最后的时刻，疼痛化作仇恨的火焰，全身正离他而去的气力都汇聚到一只臂膀之上，他把三叉戟深深扎进趴在地上的对手的后背。他倒在了马尔科身上，一阵抽搐使他滚到了一边；马尔科一条胳膊缓慢地动了动，身体被钉在沙土之中，活像一只巨大的闪闪发光的虫子。

"这可不常见，"总督转过身子朝伊蕾妮说道，"这么棒的两个角斗士同归于尽。我们真该庆幸自己有眼福，看到这么难得一见的场面。今天晚上我要把这件事写信告诉我的兄弟，这对身陷乏味婚姻的他来说，也算点安慰。"

伊蕾妮看见马尔科的胳膊动了一下，缓缓地，徒劳地，仿佛是想把扎进自己肾脏里的三叉戟拔出来。她想象着这会儿是总督赤着身子躺在竞技场上，也有一支三叉戟深深地没入他的身体，只剩木柄还在外面。可总督绝不会带着这最后的尊严动一动自己的胳膊；他只会大喊大叫，像只野兔一样蹬着双脚，向着群情激愤的观众请求宽恕。伊蕾妮扶着丈夫伸过来的手站起来，又一次顺从；那胳膊已经不动了，她现在唯一能做的就是面带微笑，用机智把自己保护起来。小猫似乎不喜欢让娜的静默，依然仰面躺着等待爱抚；然后，仿佛支在皮毛上的那根手指烦到了它，它发出一声不快的喵呜翻身离开，已然漫不经心地打起了瞌睡。

"很抱歉我这个时间来，"索尼娅说，"我看见你的车停在门口，这诱惑太强烈了。她给你打电话了，是不是？"罗兰找着香烟。"这事儿你做得不对，"他说，"这种事通常是男人去做的，不管怎么说，我和让娜相处了两年多，她是个好姑娘。""哦，可我觉得好玩，"索尼娅边说边给自己倒了一杯白兰地，"她总是那么天真幼稚，我一直都很受不了，就是她那个样子最让我恼火。我告诉你吧，她一开始还笑了，以为我是在逗她玩。"罗兰看了一眼电话机，他又想起了蚂蚁。让娜随时可能再打电话来，这会很尴尬，因为索尼娅已经在他身边坐了下来，爱抚着他的头发，同时还胡乱翻看着一本文学杂志，仿佛是在寻找哪一幅插图。"这事儿你做得不对。"罗兰重复道，把索尼娅搂到自己身边。"你是指我不该这个时候过来吗？"索尼娅笑着，顺从地让那双手笨拙地摸索，解开自己衣服最上面的拉链。紫色的纱巾罩住伊蕾妮双肩，她背对观众，等候着总督完成对公众的最后致意。欢呼的声浪当中混杂着人群开始挪动的声音，已经有人争先恐后地向出口挤去，想先一步到达下面的通道。伊蕾妮明白，此时一定会有几个奴隶正在把两具尸体拖走，她没有转过身来；她满意地想到总督已经接受了利卡斯的邀请，到他家的湖畔庄园共进晚餐，在那里，夜晚的空气会帮她忘记这里平民百姓臭烘烘的气味，忘记那最后的惨叫，忘记那只手臂是怎样缓缓地挪动，仿若爱抚这大地。对她来说遗忘并不难，尽管总督对种种往事心存芥蒂，还会经常旧事重提来折磨她；总有一天伊蕾妮会找到一种办法让他也永远忘掉这些事，而人们只会觉得他已经死了。"您会尝到我们家厨师的新花样，"利卡斯的妻子说，"他让我丈夫恢复了胃口，而且一到夜里……"利卡斯大笑起来，一面不断跟他的众多朋友打招呼，他在等总督结束致意，走向过道，可总督磨磨蹭蹭，继续观看场地上奴隶们用钩子搭住尸体拖走，好像很享受这场景。"我太幸福了。"索尼娅边说边把脸颊伏在昏昏欲睡的罗兰的胸口。"别说这样的话,"罗兰嘟囔了一句,"听起来像是客套。""你不相信我?"索尼娅笑了。"我当然相信你。可这会儿别说这样的话。我们还是抽根烟吧。"他在小矮桌上摸索着,找到了香烟,他放了一支在索尼娅嘴唇中间,又把自己的凑过去一起点着。睡意沉沉,他们几乎没去看对方,罗兰晃了晃火柴,把它甩到小矮桌上,那里某处有只烟灰缸。索尼娅先睡着了,他慢慢地从她嘴边取下香烟,和自己的并在一起,扔在了小矮桌上,然后,他靠在索尼娅身旁,滑入了沉重而无梦的酣睡。烟灰缸旁,一条纱巾先被燎着了,没有燃起明火,而是慢慢地、一点一点地烧焦,又落在地毯上,旁边是一堆衣服和一杯白兰地。一群观众吵吵嚷嚷地挤在下面的台阶上;总督再一次致意,然后冲卫兵们做了一个手势,示意为他开路。最先发现不对的是利卡斯,他指向那古老帷幔最远处的一道,帷幔开始碎裂,火花雨点般落在慌慌张张涌向出口的人群当中。总督大声发出命令,推了伊蕾妮一把,伊蕾妮依然背对着他,一动不动。"快跑,下面的通道马上就要挤满人了。"利卡斯抢到妻子前面边跑边叫。伊蕾妮第一个闻见油燃烧的气味,是地下仓库着火了;在她身后,帷幔倾覆在争先恐后逃生的人们背上，过道本就很窄，这时已经挤成一团。成百上千的人跳到了竞技场地，想另寻生路，但滚滚的油烟很快把他们的身影吞没了，总督还没来得及躲进通往帝王包厢的过道，一绺布条便带着火头落在了他的身上。听见他的惊叫声，伊蕾妮转过身来，翘起两根手指，仪态万方地为他拿走了那烧焦的布条。"我们都逃不出去了，"她说，"下面已经挤成一团，像一群野兽。"索尼娅尖叫起来，竭力想挣脱那条在睡梦中把她搂得死死的燃烧的臂膀，她的第一声号叫同罗兰的混在了一起，后者正徒劳地挣扎着爬起，浓浓的黑烟呛住了他。他们放声呼救，但声音渐渐微弱了，这时消防车穿过满是好奇看客的街道全速赶到。"十楼，"队长说，"不太好救啊，还刮着北风。上吧。"

另一片天空

这双眼睛不属于你……

你从哪里得来?

……, IV, V.[①]

　　我曾经觉得一切都会放任、缓和、让步,使人毫无阻碍地游荡,由此处到别处。我说曾经,虽然现在我仍怀着一丝愚蠢的期望,想着也许这感觉能重现。因此,即使现在有家有业,一次又一次地在城里闲逛似乎不够正常,我还是不时对自己说,是时候了,回到我心爱的街区转转,忘掉工作(我是个证券经纪人),只要一点点运气,就能碰见若希娅妮,

---

① 原文为法语。

与她共度良宵，直到第二天清晨。

天知道我曾重复这一切有多长时间，而可悲的是，在那段时间里，事情都在我最不经意的时候、在我随意游走的时候发生。不管怎么说吧，只需要像一个心情愉悦的市民那样，顺着自己喜欢的街道信步漫游，我几乎每一次都会逛到那一片拱廊街，大约因为那些拱廊和街巷一直都是我暗藏心中的故园吧。比方说，古美斯拱廊街，这个暧昧的所在，很久很久以前，我就是在这里像丢掉一件旧外套一样丢掉了我的童年。在一九二八年那会儿，古美斯拱廊街就像是堆满宝藏的山洞，罪恶的暗影和薄荷片饶有兴味地交织在一起，高声叫卖的晚报整版整版登的都是犯罪新闻，地下影院闪着亮光，放映的是难以企及的色情影片。那段岁月的若希娅妮们大概会向我投来半是慈爱半是觉得好笑的目光，而我，口袋里揣着可怜巴巴的几分钱，像个男子汉那样行走，软帽绷在头上，双手插进衣兜，嘴上叼着一支司令牌香烟，仅仅因为我继父曾经预言我要是抽烟的话迟早会变成瞎子。我尤其记得气味和声音，那就像是一种期待，一种渴望，记得那些报亭能买到有裸体女人相片和骗人的美甲广告的杂志，那时的我已经对那片灰暗的天花板和脏兮兮的天窗，也对那无视拱廊街外面的愚蠢天光、人工造就的夜景有敏锐的感受。我带着假装的漠然，探向街上的一扇扇大门，门背后是最后的秘密开始的地方，里面那隐约的轮廓是电梯，通往性病诊所，也通往更高处的所谓天堂，那里有失足女人，这是她们在报纸上的名字，她们手上的刻花玻璃酒杯里满斟饮品，大多是绿色，身上披着丝绸睡衣和紫色和服，一间间套房里香气袭人，和我心目中豪华商店里飘出来的香味一模一样，在拱廊街的暗影中，家家店铺灯火通明，精致的玻璃瓶和匣子，玫瑰色的粉扑，瑞秋牌香粉和透明手柄的修面刷，琳琅满目，筑起一座遥不可及的街市。

时至今日，每当我穿过古美斯拱廊街，心里仍然会可笑地回想起那已经处于堕落边缘的少年时代；旧时的迷恋依然留存，因此，我总喜欢漫无目的地迈开双脚，心知自己迟早会走到拱廊街区，在那里，随便一家尘土扑面、脏兮兮的小店铺，在我眼中也比露天街道上那些华丽到几近傲慢的橱窗更有吸引力。就说薇薇安拱廊街，或者全景通道，连同它们向四周延伸的宽街窄巷，走到尽头或许会有一家二手书书店，或是令人费解地出现一家旅行社，也许从来没有人在那里买过哪怕一张火车票，这是一个世界，它选择了一片离自己更近的天空，由脏兮兮的玻璃和灰墁筑起的天空，上面有一些寓言里的塑像，伸出双手敬奉花环，这条薇薇安拱廊街离日光下可鄙的雷奥姆尔大道和股票交易所（我上班的地方）只有一步之遥，我生来就熟悉这片街区，在我开始怀疑这件事之前很久很久我就熟悉它，那时的我还只是个兜里没几分钱的学生，驻扎在古美斯拱廊街的某个角落，心里盘算着是把这点钱花在一间自助酒吧里呢，还是去买一本小说，顺便再买上一小袋用玻璃纸包着的酸味糖果，嘴上叼的香烟使我眼前一片迷蒙，有时我的手指会在衣兜底部摩挲，摸到装避孕套的小袋子，那是我强装老练在一家只有男性顾客的药房里买的，以我兜里这么一点钱，加上这样一张孩子气的脸，想把它派上用场也只是痴心妄想。

我的未婚妻伊尔玛对我喜欢深更半夜在市中心或者南城的街区游荡百思不得其解，倘若她知道我对古美斯拱廊街有这么大的兴趣，恐怕更要万分惊愕。她和我母亲一样，对她们而言，最好的社交活动就是坐在客厅的沙发上，进行她们所谓的交谈，喝杯咖啡，品品餐后利口酒。伊尔玛是所有女人中品行最好、最善良的一个，我永远也不会想要对她去讲我最在意的东西，这样我最终会成为一个好丈夫、好父亲，我的儿女就是我母亲极度期盼的孙子孙女。我现在想，恐怕就是因为这些，我才遇见了若希娅妮，可也不只如此，因为我本来也可以在鱼市大街或是在胜利圣母路和她相遇，然而，我们第一次彼此注视却是在薇薇安拱廊街的最深处，头顶上，一群石膏像在瓦斯灯的照耀下摇摆不定（花环在满身尘土的缪斯女神手指间晃来晃去），我很快知道，若希娅妮就在这个街区工作，如果你是咖啡馆的常客或是车夫的熟人，很容易就能找到她。也许是一种巧合，当那个天空高远、街上没有花环的世界里下着雨时，我在这里与她相逢，但我觉得这是征兆，它远不只是在街上与随便哪个妓女的露水情缘。后来我得知，那些天里若希娅妮从不远离拱廊街这一片，因为那时到处都在流传洛朗犯下的累累罪行，这可怜的女人整天生活在惊恐之中。就在这惊恐之中，有一点转变为优雅的东西，闪躲的姿态，纯然的期望。我记得她看我时的眼神，半是渴慕半是疑虑，记得她问我话时假装冷淡的样子，我记得，当我得知她住在拱廊街顶层时，我高兴得几乎不敢相信，我坚持要到她的阁楼上去，而不是去桑蒂艾尔大街的酒店（那里有她的朋友，她觉得有安全感）。后来她还是相信了我，那天夜里，一想起她曾经怀疑我会不会就是洛朗，我们就笑成一团，在她那间常常出现在廉价小说中的阁楼里，若希娅妮美丽而温柔，又时时忧心遇到那个在巴黎流窜的扼颈杀手，我们一件一件地回顾着洛朗的杀人案，她便越来越紧地贴在我的身上。

我要是哪天晚上没有回家过夜，母亲一定会一清二楚，当然她从来不说什么，因为说了也没什么意思，但在那一两天，她会用又受伤又害怕的目光看向我。我非常清楚，她绝对不会把这件事告诉伊尔玛，可她这已经毫无用处的家长权力一直持续，令我很不舒服，尤其烦人的是，末了还总得是我带回一盒糖果或是给院子里添一盆花草之类，用这无言的礼物精确而理所当然地象征冒犯行为就此停止，儿子又回到母亲的房子里好好生活了。当然，每次我把诸如此类的小插曲说给若希娅妮听的时候，她都很开心，只要一到拱廊街区，这些和主人公一样平淡无奇的小事也成了我们世界的一部分。若希娅妮强烈地关切家庭生活，对各种规矩和亲情关系都毕恭毕敬；我本来是不太喜欢谈论私事的，可我们总得有点话题，她的生活她想让我知道的都谈过了，接下来不可避免地就得谈谈我作为未婚男人的苦恼人生。我们还有一个共同点，就这一点来说我运气也还不错，若希娅妮对这片拱廊街区十分钟爱，也许是因为她住在其中一条街上，也可能是这里能为她遮寒蔽雨（我是在初冬时节第一次遇见她的，而我们的拱廊街和这片小世界愉快地无视了那一年比以往更早到来的雪花）。在她有空的时候，我们经常一块儿散步，当然那得是等某人——她不喜欢提起这个某人的名字——足够痛快，才会让她和自己的朋友出去玩一小会儿。我们之间很少谈及这个某人，实在避不开的时候，我问一些不得不问的话，她也无可避免地用谎话作答，说纯属财务上的关系；不言而喻，这个某人就是她的老板，而他的爱好就是不让人看见他的真容。我想到，他并不反感我和若希娅妮在一起度过几个夜晚，因为洛朗刚刚在阿布吉尔大街作过案，这一片街区人心惶惶，可怜的若希娅妮一到天黑就绝对不敢离开薇薇安拱廊街。我几乎要对洛朗也对那位老板心存感激，别人的恐惧反倒成全了我，可以和若希娅妮一起在拱廊街漫游，泡泡咖啡馆，并且逐渐发现自己可以和这样一个不需要深交的女孩子成为真正的朋友。但在沉默的相处中，我们渐渐意识到这种值得信赖的友谊的愚蠢之处。就说她那间小阁楼吧，小小的，干干净净，一开始对我而言仅仅是这个拱廊街区的一部分。最初我上去只是为了若希娅妮，我不能留宿，因为我付不起过夜的钱，而某人还等着一个毫无瑕疵的账目表，我连周围有些什么东西都没看清，很久之后，当我在自己那间可怜巴巴的小房间里昏昏欲睡（说它可怜巴巴是因为那里面唯一的奢华陈设只是一本带插图的年历和一套银质的马黛茶具），我回想着那间小阁楼的样子，却无法描绘出它的模样。我只能想见若希娅妮，仿佛我仍把她拥在怀中，这足以让我安然入睡。可友谊带来的往往是特别照顾，也许是得到了老板的准许吧，若希娅妮常常能把一切安排停当，和我共度良宵，她的那间小屋开始填补我们并不总是轻松的对话的间隙；每一个洋娃娃，每一幅图片，每一款装饰都深深地印在我的脑海之中，当我不得不回到家中面对母亲，面对伊尔玛，和她们谈论国家政事或者家人的疾病时，它们支撑着我继续活下去。

后来发生了其他一些事情，其中之一是一个人模模糊糊的影子，若希娅妮称他为南美佬，可是一开始这一切都是围绕街区里那种惶惶不可终日的氛围开始的，一个颇有想象力的记者为这件事起了个名字，叫作扼颈杀手洛朗的传说。每当我想象出有若希娅妮的画面，便是我和她一起到守斋者大街，走进一家咖啡馆，在深紫色长毛绒的凳子上坐下来，和身边的女友或是熟客打个招呼，可之后的话题马上转向洛朗，因为在交易所这片街区，人们只要聊天，话题总是离不开洛朗，我忙碌了一整日，还要在滚动的行市表的间隙忍受同事以及顾客为洛朗最近一次作案议论纷纷，我想知道，这个愚蠢的噩梦究竟何时才能告一段落，我们的生活还能不能回到我想象中的在洛朗这件事之前的模样，还是说我们不得不忍受他这些阴森恐怖的娱乐，直到时间的尽头。而最让人受不了的是（我把这话对若希娅妮说了，那时我刚刚要了杯格罗格酒，天寒地冻，大雪飘飘，我们太需要喝上一杯了）我们根本不知道他的名字，满大街的人都叫他洛朗，那是因为克里希的一位女预言家在水晶球里看见了那凶手用手指头蘸着血写下了自己的名字，那些记者们就都谨慎地不去违背公众的反应。若希娅妮不是傻瓜，但谁都没办法说服她凶手其实并不叫洛朗，也无法驱除她那双湛蓝色的眼睛中闪烁的强烈恐惧，此时这双蓝眼睛正漫不经心地看向一个刚进门的男人，那人年纪不大，个子极高，稍微有点儿驼背，他走进来径自靠在柜台上，对谁都不理不睬。

"可能吧，"若希娅妮说道，算是接受了我信口编出的安慰之词，"可我还是得独自一人上楼回我的房间去，而且要是走在两层楼之间，风把我的蜡烛吹灭的话……一想到待在黑黢黢的楼梯上，而且很可能……"

"你独自一人上楼的次数可不多。"我笑道。

"你尽可以取笑我，可是真有那么几回夜里，天气糟糕透了，下雪或者下雨，凌晨两点，我一个人回家……"

她就这样继续描绘洛朗的故事，他要么是埋伏在楼梯平台上，要么更可怕，他用一把无往不利的撬锁器打开她的房门，就在房间里等她。坐在邻桌的吉姬夸张地颤抖着，发出一阵尖叫，叫声在镜子之间回响。我们这几个男人则为这种戏剧化的惊恐而兴高采烈，这样一来，保护我们的女伴就更顺理成章了。在咖啡馆里抽烟斗是件惬意的事情，到了这个钟点，工作一天的辛劳随着酒精和烟草慢慢消散，女人们相互比较帽子和围巾，或者无缘无故地放声大笑；吻若希娅妮的香唇也挺惬意的，她此刻正若有所思地注视着那个男人，他几乎还是个大男孩，背对着我们，一只胳膊架在柜台上，正小口小口地抿着他的苦艾酒。这很奇怪，我这会儿想起来：现在一想到若希娅妮，就总是她坐在咖啡馆凳子上的画面，大雪纷飞的夜晚，人们谈论着洛朗，不可避免地，还有这个被若希娅妮叫作南美佬、背对着我们喝苦艾酒的男人。我也跟着这么称呼他，因为若希娅妮向我保证他就是个南美人，她是听露丝说的，露丝和他睡过，也许是差点就睡了，这都是若希娅妮和露丝为了街角的一块地盘或是争个先来后到而吵架之前的事了，现在她们俩都含蓄地表露出悔意，因为她们一直都是很要好的朋友。据露丝说，那人告诉她说自己是南美人，虽然从他的话里听不出一点口音；那人是在和她上床之前对她讲的这番话，也许只是在解开鞋带前没话找话吧。

"你瞧那边，他差不多还是个孩子……像不像个个子猛蹿了一截的中学生？好吧，你该听听露丝是怎么说的。"

若希娅妮依然习惯性地把十指反复交叉又分开，一说起激动的事情她就这样。她告诉我那个南美佬有些怪，虽然事后看来也不是太离奇，露丝断然拒绝，那人就泰然自若地离开了。我问若希娅妮，南美佬是否也接近过她。那倒没有，大概因为他知道她们是好朋友。他了解她们，他就住在这个街区，若希娅妮讲这些事情的时候，我更加留心地看着那人，只见他把一枚硬币丢在白镴盘子里付了酒钱，一面朝着我们这边瞟了一眼——在那漫长的一瞬，仿佛我们都消失得无影无踪了，他奇特的神情既遥远又专注，那张脸完全是一副僵在梦中不肯醒来的样子。虽说他几乎还是个半大孩子，而且长相俊美，可那样的表情足以把人带回跟洛朗有关的噩梦中去。我当即把这想法告诉了若希娅妮。

"你说他是洛朗？你疯了不成！要知道洛朗是个……"

为了自娱自乐，吉姬和阿尔贝特同我们一起分析了各种可能，但糟糕的是洛朗的事谁也说不出个所以然来。不可思议的是，咖啡馆的老板对所有人的谈话都能尽收耳底，他一开口就打破了我们所有的臆测，他提醒我们说，洛朗身上至少有一点是尽人皆知的：他力气很大，用一只手就能掐死受害者。可这个小伙子，算了吧……不错，时候不早了，还是各自回家吧；那天晚上我落了单，因为若希娅妮要陪另一个人度过，某人已经在小阁楼里等她了，他有权享用她房间的钥匙，于是我只陪她到第一个楼梯拐弯的平台，在那里守着，这样万一上到一半蜡烛真的灭了她也不会被吓到，我带着一种突如其来的疲惫目送她走上楼去，她也许是开心的，尽管对我她不会这样讲，然后我走到大雪纷飞、天寒地冻的街上，漫无目的地游荡，直到某一刻我发现自己像往常一样踏上了返回街区的道路，身处人群之中，他们或者在读当天的晚报，或者透过有轨电车的车窗朝外看，仿佛在这样的时刻、在这样的街道上，还有什么可看似的。

去到拱廊街时恰巧碰上若希娅妮有空并不容易；多少次我一个人在拱廊下徘徊，多少有些沮丧，最后竟慢慢觉得夜晚也是我的情人。瓦斯灯一盏盏点亮，我们这个小天地便热闹起来，咖啡馆成了慵懒和欢愉的交易所，一天的忙碌结束了，人们开怀畅饮，到处都在谈论报纸头条、政治、普鲁士人、洛朗，以及赛马。我喜欢四处小酌，漫不经心地等待那个时刻，看见若希娅妮的身影出现在某个街角或是柜台边。如果她身边已经有人，她会做出一个约定的手势告诉我要过多长时间她才能脱身；还有些时候，她只是冲我莞尔一笑，这样就只剩下我自己把时间消磨在拱廊街上了；那是探索者的时间，我走遍了这个街区的大街小巷，我走过圣弗阿拱廊街，也逛过最偏僻的开罗巷，对我来说随便哪一条小巷（数量众多，今天是王子通道，另一次则是威尔杜通道，如此这般，无穷无尽）都比那些露天的大街更有吸引力，即便是当时我自己也未必能把这漫长的游荡路线原原本本重走一遍，而最后我总会转回薇薇安拱廊街，因为若希娅妮，却也不仅仅是因为她，还因为它的护栏，因为那些古老寓言人物的塑像，还有小神父街拐角处的阴影，在这别样的世界里，不用去想伊尔玛，不用照一成不变的日程生活，一切都是偶然的相遇。无所依托，我也无从计算时间的流逝，直到我们无意间重新谈起了那个南美佬；有一回我好像看见他从圣马可大街上的一扇大门里走了出来，身上裹了件黑色的学生长袍，这种袍子，再配上高得吓人的礼帽，五年前曾经流行过一阵，我真想走上前去问问他是哪里人。但转念一想，我得到的恐怕只会是冷冰冰的怒意，便打消了这个念头，后来若希娅妮认定这只是我的愚蠢猜想，也许她以自己的方式对南美佬产生了兴趣，部分是因为她的职业受到了冒犯，更多的还是出自好奇心吧。她记得几天前的一个晚上，她觉得远远地看见他出现在薇薇安拱廊街上，他可是不太经常在这里露面的。

"我不喜欢他看我们的眼神，"若希娅妮说道，"以前倒无所谓，可自从那一回你对我说他会不会就是洛朗……"

"若希娅妮，我开这个玩笑的时候，吉姬和阿尔贝特就在旁边。你肯定知道的，阿尔贝特是警察的线人。如果他觉得这话有几分道理，你想想看，他会丢掉这样的机会吗？亲爱的，洛朗的脑袋可值一大笔钱呢。"

"我不喜欢他那双眼睛，"若希娅妮坚持道，"另外，他根本就不看着人，他用两只眼睛盯着你，可他根本就没在看。

要是哪一天他来纠缠我，我当着这个十字架发誓，我一定拔腿就跑。"

"你居然害怕一个男孩儿。是不是在你眼中所有我们这些南美人都像大猩猩？"

可想而知这样的对话是怎么收场的。我们到守斋者大街上的那家咖啡馆喝上一杯格罗格酒，在拱廊街上漫游，穿过林荫道剧院，上到她的阁楼，然后开怀大笑。有那么几个星期（这只是一种约略的叙述，要精准地计量幸福实在太难了），无论什么事我们都会大笑不止，就连巴丹盖①笨手笨脚的样子或是对战争的恐惧都能逗乐我们。这时候要是有人说，像洛朗这样相较而言微不足道的小事能终结我们的欢乐，那简直太可笑了，但实情就是如此。洛朗又杀害了一个女人，就在好景大街，近在咫尺，咖啡馆里就像在做弥撒一样，一片寂静，是玛尔蒂急匆匆地跑进来大声宣告了这个消息，最后以歇斯底里的大哭收尾，某种程度上倒是帮我们把堵在嗓子眼里的那口气咽了下去。那一晚，在每一家咖啡馆、每一家酒店，警察像过篦子一样把我们全都筛了一遍；若希娅妮要去找她

_____

①拿破仑三世的绰号。巴丹盖原为法国一泥瓦匠，路易·波拿巴于1846年越狱逃跑时借用了此名字，后来他当了皇帝，时人以此作为他的绰号以嘲讽。

的老板，我也任由她去了，因为我明白此刻她需要的是一个能帮她摆平一切的万能保护者。但这件事让我陷入一种不明的忧伤：拱廊街不是预备给这种事情的，也不该发生这种事情。于是我和吉姬喝起酒来，后来又和露丝喝，她来找我充当她和若希娅妮的和事佬。我们在这家咖啡馆里喝了不少酒，在热闹的声浪和干杯声中，我觉得要是到了夜半时分，那个南美佬走进来在最靠里的桌子旁边坐下，点一杯苦艾酒，漂亮脸蛋上还是那副心不在焉的茫然表情，也简直太正常不过。露丝刚开始向我吐露心曲，我就告诉她我已经知道了，不管怎么说，这小伙子并不是个瞎子，对他的那些癖好我们也不必记恨在心；后来我们又笑个不停，因为吉姬居然放下身段告诉大家说她有一回进过那人的卧室，露丝假意要扇吉姬耳光，不等露丝在吉姬脸上挠出十道指甲印，问出大家意料之中的那句话来，我就问那间卧室是个什么模样。"呸，什么卧室不卧室的！"露丝轻蔑地说，可吉姬完全陷入了对胜利圣母路那间阁楼的回忆，她像个蹩脚的街头魔术师一样，从那里面变出一只灰猫，一叠叠涂得乱七八糟的废纸，还有一架太占地方的钢琴，但最多的还要数废纸，最后又是那只灰猫，看起来，在内心深处，这只猫就是吉姬对那间阁楼最美好的记忆了。

我任由她说下去，眼睛却始终盯着最靠里的那张桌子，一面在心里对自己说，无论如何，假如我走到南美佬那边，跟他用西班牙语说上两句话，这再自然不过了。我差一点就要照做，但此刻我不过是众多想有所活动却踟蹰不前的人之一。我仍然和露丝、吉姬待在一起，又抽了一锅新的烟丝，又要了一轮白葡萄酒；我已经记不清自己克制住那股冲动时的感受，只觉得那是一个禁区，一旦擅闯，就是进入了一处命运莫测的领地。可我现在觉得自己做错了，我只差那么一点就可以做成一件拯救自己的事。我向自己追问，从什么里面拯救出来呢？正是从这个境况：今天的我能做的唯有自言自语，回答的唯有烟草的迷雾，以及缥缈而徒劳的希望，它好似一只癞皮狗跟在我身后，走过一条又一条街道。

那些汽灯哪儿去了？

那些烟花姑娘怎样了？

..., VI, I.

渐渐地，我不得不说服自己，我们已经进入一个糟糕的年代，只要洛朗和普鲁士人还这样搅扰着我们，昔日的拱廊街生活就不可能重现。母亲肯定是觉察到了我的消沉，因为她劝我吃点滋补药，伊尔玛的双亲在巴拉那州的一个小岛上有一处别墅，他们邀请我到那里去过一段健康的日子。我请了十五天的假，不情愿地去了那个岛，刚一抵达就怨恨上了那里的烈日和蚊虫。第一个星期六我就随便找了个借口回到城里，深一脚浅一脚地走在街上，柏油路面软软的，鞋跟常常陷下去。这无意识的游荡唤起了些许突如其来的甜蜜记忆：就在我又一次走进古美斯拱廊街的时候，一股咖啡的香气突然将我包围，那种强烈的感觉是在拱廊街久违的，要知道那里的咖啡通常淡而无味，而且煮了又煮。我一口气喝了两杯，没加糖，边喝边闻着咖啡的香气，咖啡很烫，我感到一种无比的愉悦。之后的整个下午，一切都有了不同的味道，闹市湿润的空气里充满了种种香气（我步行回到家中，我记得答应过母亲回家和她一起吃晚饭），每种香气都是那样浓烈生猛，肥皂味、咖啡味、烈性烟草味、油墨味，以及马黛茶的味道，一切都是那样凛冽，就连太阳和天空都更加耀目，仿佛有什么不安。好几个小时里，我几乎是心存恼怒地把拱廊街区抛在脑后，可当我又一次穿行在古美斯拱廊街上时（这里和小岛真的属于同一个时代吗？或许我把同一个时段的两个时刻弄混了，实际上，这也没什么要紧），上次让我又惊又喜的咖啡已经无处可寻，它的味道一如既往，我甚至从中喝出了闹市酒吧地板上渗出来的那种锯末和馊啤酒混在一起的甜腻恶心的味道，或许因为我重又生出了想碰见若希娅妮的渴望，我甚至相信，那惊心动魄的恐惧和大雪都已经画上了句号。我感到在那些日子里自己开始怀疑，仅凭欲望已不能像从前那样让一切都运转得有条不紊，把我带上通往薇薇安拱廊街的街道，但最后我也有可能只是安分守己地待在岛上的别墅，免得伊尔玛伤心，她也可以不去胡思乱想，察觉出我唯有在别处才能找到真正的安宁；直到我实在无法忍受，回到城里，一直走到精疲力竭，汗湿的衬衫贴在身上，找到一家酒吧坐下来，喝上一杯啤酒，等待着我自己也不再知道的什么事情。当我从最后一家酒吧走出来的时候，发现除了转弯走回自己的街区之外，我已经别无选择，一时间喜悦、疲惫，以及一种阴沉的失败感汇聚糅合，因为只要看一看路人的面孔，便不难发现那恐惧远没有消散，只要看一看站在塞斯大道街角的若希娅妮，看向她的眼睛，听她用哀怨的口气说老板决定亲自出面保护她，不让她遇到可能发生的袭击，一切就都明白了；我记得在两个吻的间隙我曾瞥见他在门廊里闪现的身形，裹着一件灰色长斗篷抵挡着雨雪的侵袭。

若希娅妮不是那种你有一段时间不在她就口出怨言的女人，我甚至怀疑她无法察觉时间的流逝。我们手挽着手回到薇薇安拱廊街，上了阁楼，接下来却发现我们已经不似从前那样快活，我们含糊地把这归咎于那些扰乱了整片街区的事情；要打仗了，真要命，男人们都得参军入伍（她说到这些词语的时候神态庄重，带着一种天真而迷人的恭敬），人们又害怕又愤怒，警察没本事揪出洛朗。为了自我安慰，他们要把另外一些罪犯送上断头台，就在明天清早，他们要处决那个投毒者，那个我们在守斋者大街的咖啡馆里跟随案件的进展谈论过许多次的投毒者；可恐惧依然在拱廊街和巷道中弥散，自从我上一次碰见若希娅妮到现在，一切都没有改变，连雪都不曾停下。

我们出门散步聊以自慰，全然不顾外面天寒地冻，因为若希娅妮身上穿了件人人羡慕的大衣，而她那些站在街角或是门廊里等候嫖客的女友们只能不时呵一呵手指，或者把双手插进皮手筒里取暖。我们很少沿着林荫大道走这么长时间，到最后我甚至怀疑，可能是我们需要那些亮着灯的玻璃橱窗所带来的安全感吧；在附近的街道中穿行（因为这件大衣也该让莉莉安看看，再往前走一点还有弗朗辛）让我们陷入越来越深的恐惧当中，直到最后，大衣展示得差不多了，我提议前往我们常去的那家咖啡馆，于是我们沿着新月大街奔跑，直到转过弯回到街区，在暖和的室内和朋友中间安顿了下来。所幸，到了这个钟点，大家对战争这个话题已经兴致消减，没有人想着重复那些针对普鲁士人的下流话，酒已斟满，火炉暖暖的，一切都很美妙，路过的客人离开之后，只留下我们这群老板的朋友，这一如既往的小团体，好消息是露丝已经向若希娅妮道歉，两个人互相亲吻，满脸泪水，甚至互赠礼物，已经和解了。一切都像花环一样圆满（可直到后来我才明白，花环也能被用在葬礼上），因此，既然外面有风雪和洛朗，我们就尽可能待在咖啡馆里，直到午夜，我们得知老板在这同一个柜台后面已经工作了整整五十年，这事儿必须庆祝，于是一朵花接上了下一朵花，桌上摆满了酒瓶，因为现在由老板请客，如此的友谊，对工作如此的付出，令人无法轻慢，到了凌晨三点半，吉姬已经喝得酩酊大醉，给大家唱了流行小歌剧里动听的小曲，若希娅妮和露丝哭着抱成一团，一半是心里痛快，一半是苦艾酒在发挥作用，阿尔贝特若无其事地给花环添上了另一朵花，他建议前往罗盖特大街为这一夜的狂欢收尾，因为早上六点整就要在那里把投毒者送上断头台，咖啡馆老板兴高采烈，认为这样结束欢宴是他五十年光荣工作的巅峰，他拥抱了我们每一个人，谈起他在兰格多克去世的妻子，自愿掏钱租来两辆马车带我们前往。

接下来又是喝酒，好几个人想起了自己的母亲，想起了自己童年的光辉往事，若希娅妮和露丝到咖啡馆的厨房里精心烧了一锅洋葱汤，阿尔贝特、老板和我一面祝愿我们的友谊地久天长，一面诅咒普鲁士人全都去死。也许是洋葱汤配上奶酪浇灭了我们的激情，等到铁栅栏和链条哗啦作响，咖啡馆大门被锁上，在仿佛来自全世界的寒冷侵袭中登上马车的时候，大家悄然无声，甚至不太自在。其实我们本该挤在一辆车上，还能暖和点，可老板坚持对马讲人道主义，带着露丝和阿尔贝特上了第一辆马车，把吉姬和若希娅妮托付给我，他说，这两个女孩就像是他的亲生女儿一样。然后我们和马车夫开了几句玩笑，劲头又上来了，就像是在赛车一样，呐喊加油，挥鞭催马，驶向波平库尔。老板出于一种难以理解的谨慎心理，坚持让大家提前一段距离就下了车，我们互相搀扶着，免得在冰冻的积雪上摔倒，来到了罗盖特大街，稀疏的路灯射出昏暗的光，一团团移动的黑影忽而显形，化作高高的礼帽，疾驰而过的马车，以及一群群裹得严严实实的人，熙熙攘攘地挤向街尾的一块开阔地，立即被笼罩在监狱那团更高也更黑的阴影之下。这是一个地下世界，胳膊肘互相触碰，酒瓶在手与手之间传递，玩笑在四下里喧闹的笑声和压抑的尖叫声中散播、重复，也有突然的安静，火镰在一瞬间照亮几张面孔，而我们艰难前行，努力不被挤散，似乎我们每一个人都知道，只有抱成团才有在这里待下去的理由。那机器就在那里，矗立在五层石阶之上，这台执行律法的装置一动不动，静静等候，隔着一小块空地，前方是一个方阵的士兵，手里的步枪抵着地面，枪上都绑着刺刀。若希娅妮抓住我，指甲掐进我的胳膊里，浑身抖得那么厉害，我只好对她说去找一家咖啡馆，可放眼望去，哪儿都看不见咖啡馆的影子，她也坚持留下不走。她挂在我和阿尔贝特身上，不时高高跳起，想把那台机器看得更清楚些，她的指甲再次深深掐进我肉里，最后她迫使我低下头，直到她的嘴唇够着我的嘴唇，她歇斯底里地咬我，低声含糊地说着平时我很少能听她说的话，这使我的虚荣心膨胀起来，仿佛这一刻自己成了她的老板。然而阿尔贝特才是我们之中唯一一个货真价实的狂热爱好者，他抽着烟，评论断头仪式的异同以消磨时间，想象着那个罪犯最后会有什么样的表现，此时此刻监室里在按部就班地进行什么程序，他对其中的细节了如指掌，背后的原因他则讳莫如深。一开始我听得热切，想要了解这仪式中的种种细枝末节，后来，慢慢地，仿佛在他、在若希娅妮、在周年庆祝之外，某种被抛弃般的感觉逐渐侵占了我，那是一种难以言传的感受，觉得事情本不该这样发展，觉得我身上有某种东西在威胁着那个拱廊街和巷道的世界，或者更糟，我在那个世界里的幸福感只不过是一场骗局的前兆，一个鲜花陷阱，就好似那些石膏塑像中的某一个向我献上了一只谎言的花环（可就在那天晚上我还想过，世事交织，正如花环中的鲜花一般），一点一点地，我陷入了洛朗的噩梦，我从薇薇安拱廊街和若希娅妮的阁楼里那种天真的沉醉中脱离，慢慢地转向巨大的恐惧、纷飞的大雪、无可避免的战争，转向咖啡馆老板五十周年工作的非凡落幕，黎明时分冰冷的马车，若希娅妮僵直的胳膊，她决定不看，将在最后时刻把脸藏在我的胸膛上。我觉得（就在此时铁栅栏打开，传来卫队长发号施令的声音）在某种意义上这就是一个终结，但我说不上来是什么的终结，因为无论如何我还要继续生活，还要继续在交易所工作，还要不时地见见若希娅妮、阿尔贝特和吉姬，说到吉姬，她这会儿正歇斯底里地捶打我的肩膀，我虽然并不想把眼光从已经打开的铁栅栏移开，但还是注意了她一下，顺着她半是惊讶半是嘲讽的视线看过去，几乎就在咖啡馆老板的身旁，我看见了南美佬略略佝偻着的身影，他还裹着那件黑色长袍，我突发奇想，这件事是不是也能编进花环里呢，像是有一只手在天亮之前给花环缀上了最后一朵鲜花。我没有再想下去，因为若希娅妮已经呻吟着紧紧贴在了我身上，大门口那两盏汽灯晃动的阴影里现出了一件衬衣形成的白色斑点，像是飘浮在两团黑影之间，随着第三团更庞大的黑影不时下沉上升，白色斑点忽隐忽现，那第三个影子像是要拥抱他，劝诫他，在他耳边说些什么，或是拿出什么东西让他亲吻，最后黑影退到一边，而白点就更清晰，也更近了，他被一群头戴礼帽、身穿黑袍的人包围，然后像是变了一场手疾眼快的戏法，有两团黑影此前一直像是这台机器的某个组成部分，此刻一把拉过白点，一抬手揪下他肩上已经毫无用处的大衣，将他摁倒在地，一阵压抑在喉咙里的惊呼，这惊呼可能出自任何人之口，可能是浑身发抖紧靠在我身上的若希娅妮，也可能是那个白点，他仿佛是自己滑向了木架下方，架子发出了吱吱呀呀的声音，几乎同时，一声闷响。我觉得若希娅妮快要昏过去了，她全身的重量顺着我的身体向下滑去，就如同那另一具躯体滑向虚无，我俯身将她扶起来，这时人群之前压抑着的声音终于爆发，好似一场弥撒结束，伴着高空中回响的管风琴声（其实这是一匹马闻到血腥后发出的嘶鸣），在尖叫声和卫兵的号令声中，退散的人潮推搡着我们。若希娅妮靠在我的腰上，满怀哀慈地哭泣着，越过她的帽子，我看见了激动不已的咖啡馆老板、心满意足的阿尔贝特，还有南美佬的侧影，他正聚精会神地注视着那台机器，卫兵的背影晃来晃去，刽子手们忙忙碌碌，不时挡住他的视线，数不清的长袍和胳膊之间暗影攒动，大家都急切地渴望离开，去喝一口热乎乎的酒，然后睡上一觉，我们也一样，挤在一辆马车里驶回街区，每个人都凭自己的所见热烈谈论着，当然有出入，总是有出入，所以讨论才更有价值，从罗盖特大街到交易所所在的街区，有充足的时间回忆和讨论仪式的全过程，为矛盾之处表示惊诧，并夸耀自己更敏锐的目光、更坚强的神经，在最后关头赢得我们那羞答答的女伴们的钦佩。

意料之中，在那段日子里，母亲看出我每况愈下，她直截了当地抱怨我那无可理喻的冷漠，这冷漠使我可怜的未婚妻伤心不已，也会让我彻底失去父亲生前好友们的庇护，而我正是因了他们的关照才得以在证券业闯出了一条路。对这些话我只能以沉默作答，隔几天端回一盆花草，或是拿回一张能买毛线的优惠券。伊尔玛倒是更通情达理，她一定想得很简单，认定只要结了婚，我就能回归按部就班的本分生活，而最近这一段时间里，我几乎就要完全认同她的观念，可让我放弃那期望太难了，我期望拱廊街的恐慌彻底终结，这样我回归家庭就不会像是在逃跑或是寻求庇护，可每当母亲看着我连连叹气，或者伊尔玛脸上带着一副等候猎物上钩的微笑给我递上一杯咖啡的时候，这种庇护就消失了。此时我们正经历着完完全全的军人专政年代，这是一系列无穷无尽的军人专政的又一页，可人们更为了世界大战近在眼前的结局而欢欣鼓舞，市中心每天都有人临时聚集起来游行，欢庆盟军的高歌猛进，欢庆欧洲各国首都一个接一个被解放，与此同时，警察在袭击学生和妇女，商家纷纷拉下了卷闸铁门，由于某些原因，我也加入了站在《新闻报》报栏前的人群，暗问自己，在可怜的伊尔玛一成不变的微笑面前，在滚动不已的行市表周遭浸透我衬衣的湿热中，我到底还能坚持多久。

我开始觉得，拱廊街区已经不像从前那样，是我某种欲望的极限，那时随便在哪条街上走一走，在哪个街角轻快地拐个弯，就能毫不费力地到达胜利广场，惬意地游览周边街道，赏玩布满了灰尘的大小商铺，直到时间恰好，再走进薇薇安拱廊街去找若希娅妮，只有几回我心血来潮，想先去逛逛全景通道或是王子大街，特意围着交易所兜个圈再拐回来。现在的情形不一样了，那天上午我还能闻出古美斯拱廊街上咖啡的冲鼻香味（就是闻上去像锯末又像碱水的那种）聊以自慰，可这安慰也已无处可寻，即便我现在依然相信自己尚有一丝可能摆脱那份工作，摆脱伊尔玛，轻而易举地找到若希娅妮待着的街角，可从很久以前开始我就明白，拱廊街区已经不再是我的温柔乡了。我随时都渴望着回去；不管是在报栏前有朋友相伴，还是待在家中的院子里，特别是傍晚时分，一盏盏瓦斯灯开始点燃的时候。可是总有些什么把我留在了母亲和伊尔玛身边，那是一种若隐若现的确切感觉，觉得那片街区不会再像从前那样等候着我，大恐慌已经战胜了一切。我犹如一台机器穿梭于银行和商铺，忍受着把股票买进卖出的日常工作，耳朵里塞满了警察的马蹄声声，那是他们在镇压欢庆盟军胜利的人群；我已经不太相信自己还有可能摆脱这里的一切，以至于我走到拱廊街区的时候，心里几乎生出了惧怕，我感到自己是个陌生人，是个外人，这在以前是从未有过的，我躲在一家车辆进出的门廊里，任凭时间流逝、人来人往，第一次强迫自己慢慢地接受这以前仿佛就属于我的东西，街道，车辆，衣服和手套，院子里的积雪，商铺里的喧闹声。又一次惊喜，我居然在科尔贝特拱廊街上碰见了若希娅妮，在一阵亲吻和欢呼雀跃之间，我得知洛朗已经成为过去，整个街区一连数个夜晚都在庆祝这场噩梦的终结，所有人都在打听我的消息，万幸洛朗这件事总算过去了，可我这些天人在哪里，怎么对这样的大事也一无所知，她一口气告诉我许多事情，给了我无数个吻。在她的小屋里，在那个我从床上一伸手就能挨到的房顶下，我从未如此渴望她，我们从未如此互亲互爱。我们爱抚，絮语，无数个日子里积攒的曼美柔情，直到暮色笼罩了阁楼。洛朗？一个头发卷卷的马赛人，一个可恶的懦夫，后来他又杀了个女人，就藏身在那家的阁楼上，警察破门而入的时候，他绝望地求饶。他的真名叫保罗，这个魔鬼，你想想看，他刚刚杀害了他的第九个牺牲品，警察把他拖上囚车时出动了第二区的全部警力，不是说真想保护他，而是怕他被人群撕成碎片。若希娅妮有充足的时间去适应，她已经把洛朗深深埋进了记忆之中，而她的记忆一向淡薄，可这件事对我来说却是巨大的冲击，一时间很难全盘接受，直到她的快乐神情终于感染了我，使我相信真的再也没有什么洛朗了，我们又可以在拱廊街、在巷道里游荡，而不用再担心哪个门廊里可疑的人影。我们必须一起出去庆祝自由，已经不下雪了，若希娅妮希望能去那家圆顶的皇家公馆，在洛朗威胁着的那些日子里，我们还从来没有去过那里。我们唱着歌沿小田园街下行，我答应这天夜里带若希娅妮先去林荫大道那边逛几家夜总会，末了再去我们那家咖啡馆，在那里，借着白葡萄酒的帮助，我将让她原谅我的负心和缺席。

在那几个小时我尽情享受拱廊街的幸福时光，终于让自己相信，随着大恐慌的结束，我又安然无恙地回到了我那片灰垩和花环的天空之下；我和若希娅妮一起在圆顶下起舞，把这段浑浑噩噩的过渡期的最后一点压抑彻底抛开，再一次摆脱了伊尔玛的客厅，摆脱了家中的院子，也摆脱了古美斯拱廊街上那局促的慰藉，重新诞生在最美妙的日子里。这之后，我同吉姬、若希娅妮和咖啡馆老板愉快地谈天说地，才得知了那个南美佬的结局，甚至在那时我都没去怀疑我正享受的快乐不过是旧日的余响，是最后的美好时光；他们谈起南美佬时的语气完全是一种带着嘲讽的漠然，就像是在谈论街上随便哪个怪人，好像那人只是聊天间隙一时的谈资，很快就会被更有趣的话题取代；南美佬最近死在了旅馆的房间里，他们随口一提，接着吉姬就已经讲起马上将在布特磨坊举办的晚会，我好不容易打断了她的话头，让她给我讲讲那件事，连我自己也莫名为什么要打听这个。通过吉姬，我了解到一些细节，那个南美佬的名字，实则是个法国人名，我过耳即忘，他是在弗布·蒙马特大道突然病倒的，吉姬正好在那边有个朋友，就这样知道了这消息；他孤零零一人，靠墙边一张小桌上堆满了书籍纸张，桌上只点了一根可怜的蜡烛，那只灰猫被他一个朋友抱走了，旅馆老板恼怒异常，当时他正准备迎接他的岳父岳母，却突然出了这事儿，无名的墓葬，然后就是遗忘，布特磨坊的晚会，马赛人保罗被逮捕，厚颜无耻的普鲁士人，该给他们点教训了。从这一切之中我渐次剥离出两起死亡，就好像从一个花环上剥下两朵干枯了的花，南美佬的死和洛朗的死，我感到这两个事件彼此呼应，一个死在了他的旅馆房间里，另一个被消解到虚空，变成了马赛人保罗，这几乎是同一起死亡，将从街区的记忆里被永远抹去。这天夜里，我仍相信一切都会回到大恐慌发生以前的样子，在若希娅妮那间阁楼里，她又成了我的女人，分别的时候我们相约，当夏天到来，我们要一起参加聚会出门游玩。可是大街上依然天寒地冻，有关战争的消息要求我必须早上九点钟出现在交易所；凭着那时的我自认颇值嘉奖的努力，我拒绝去想那片我重新征服了的天空，一直工作到快要恶心呕吐，和母亲一起吃午饭，她说我看上去好了点儿，我也表示了感谢。整整一个星期，我都在交易所里全力拼搏，没有一丝多余的时间，只能急急忙忙跑回家，冲个澡，脱下被汗水湿透的衬衫，换上另一件，可不消一会儿新衬衫就湿得比先前那件还要厉害。核弹落在广岛，我的顾客们乱作一团，在这个独裁者愤怒、专制政权逆流顽抗的世界里，我们不得不部署一场长期战役去挽救那些备受牵连的股票，找到某个值得推荐的趋势。德国人投降时，人们涌上了布宜诺斯艾利斯的街头，我想这回我总可以休息一下了，但是，每天早上都有新的麻烦等待着我，就在这些日子里，我和伊尔玛结了婚，那是有一次母亲差点儿心脏病发作，全家人都把母亲那次病倒归咎于我，或许他们没有错。我一次又一次地问自己，既然拱廊街里那人心惶惶的恐慌已经过去，为什么我还不能去找若希娅妮，和她一起徜徉在我们那片石膏天空下。我猜想是工作和家庭责任阻止了我，我只知道我还会时不时地到古美斯拱廊街走一走，无所事事地抬头仰望，喝着咖啡回想往事，聊以安慰，只是每一次回想，记忆的真实感都减少一分，那些午后我只需漫无目的地走在街上，最后就会逛到我那片街区，暮色降临之际，我会在某个街角碰见若希娅妮。我从来都不想承认那花环已经完满闭合，从此我再也不会在街上遇到她。有一段时间，我的思绪会一再跳到那个南美佬身上，在这无味的咀嚼重温中捏造出某种慰藉，仿佛他通过自己的死亡一并杀死了洛朗和我；理智告诉我这并非实情，是我荒唐夸张，随便哪一天我都可以再走进拱廊街区，再度碰见若希娅妮，而她会因为我长久的消失而惊讶。因为这样那样的事情，我待在家里，喝着马黛茶，听着伊尔玛唠叨，她十二月就要分娩，我心平气和地思忖，大选时我该把票投给庇隆还是坦博里尼，或者谁也不投，干脆待在家里喝马黛茶，看看伊尔玛，看看院子里的花花草草。

图书在版编目（CIP）数据

万火归一 / （阿）胡里奥·科塔萨尔著；陶玉平译
. —— 海口：南海出版公司，2020.5
ISBN 978-7-5442-8071-6

Ⅰ.①万… Ⅱ.①胡… ②陶… Ⅲ.①短篇小说－小
说集－阿根廷－现代 Ⅳ.① I783.45

中国版本图书馆 CIP 数据核字（2019）第 165440 号

著作权合同登记号　图字：30-2014-132

TODOS LOS FUEGOS EL FUEGO by JULIO CORTÁZAR
© JULIO CORTÁZAR, 1966, and Heirs of JULIO CORTÁZAR
All Rights Reserved.

万火归一

〔阿根廷〕胡里奥·科塔萨尔 著
陶玉平 译

出　　版　南海出版公司　（0898）66568511
　　　　　海口市海秀中路 51 号星华大厦五楼　邮编 570206
发　　行　新经典发行有限公司
　　　　　电话（010）68423599　邮箱 editor@readinglife.com
经　　销　新华书店

责任编辑　黄宁群
特邀编辑　吴　优
营销编辑　柳艳娇　王蓓蓓　梁　颖
装帧设计　李照祥
内文制作　王春雪

印　　刷　北京中科印刷有限公司
开　　本　850 毫米 ×1168 毫米　1/32
印　　张　7
字　　数　105 千
版　　次　2020 年 5 月第 1 版
印　　次　2025 年 3 月第 6 次印刷
书　　号　ISBN 978-7-5442-8071-6
定　　价　45.00 元